皮克威克奶奶 2

神奇魔法藥方

貝蒂・麥唐納 Betty MacDonald

劉清彥——譯

目次

專家導讀

走進顛倒屋，喝杯舒心又療癒的熱茶吧！

汪仁雅／「繪本小情歌」版主

身為她的知音，同時也是三個調皮搗蛋孩子的母親，我要鄭重向你介紹這位了不起的人物——皮克威克奶奶。她住在一間上下顛倒的小屋，走進屋子，你會見到綁著長長髮辮、矮矮胖胖、背上有塊肉瘤，臉上綻放著暖陽般笑容的女士，她會先給你一個

大大的擁抱，你會聞到她身上像餅乾一樣溫暖又香甜的氣味，能撫慰每個人內心的悲傷與無助。

她愛每一個小孩，用溫柔寬厚的心與眼，發自內心去了解他們，也知道怎麼解決孩子的各種疑難雜症，那些讓爸爸媽媽頭痛的壞習慣，只要有皮克威克奶奶在，就成了充滿樂趣與創意的無限可能。

她從不把孩子當成麻煩製造者，這是皮克威克奶奶最最厲害的魔法。

教養從來就沒有範例與常規，陪伴孩子成長的過程中，總會遇到困頓疑難的時刻，建議你打通電話問問皮克威克奶奶，要是能到顛倒屋喝杯熱茶更好！她的睿智豁達，會指引你打開不同的思考角度，更棒的是，皮克威克奶奶有一櫃子滿滿的魔法藥方和各種用具，提供妙點子幫孩子改掉不好的習慣，例如，愛告狀的孩子最討人厭，但只要吃下神奇藥丸，想要開口告狀，頭上就會出現帶著尾巴的小烏雲；皮克威克奶奶還有一隻人見人愛的聰明小豬萊斯特，牠會以身作則，提醒孩子注意生活習慣與餐桌禮儀；假如孩子愛插嘴，對著他們吹點神奇藥粉，立刻治好這個毛病，說實話，很多大人也需要；還有讓爸媽頭痛不已的不上學症頭，藉口一堆，其實疏懶愛玩居多，皮克威克奶奶的療方實在太神奇，聽她說著如何讓小喬弟乖乖上學的故事，真想站起來為她喝采。

聽了這麼多，你是不是也很想認識這位神奇的魔法奶奶？

皮克威克奶奶不只解決孩子成長過程的掙扎與叛逆，同時也療癒為人父母的焦慮與不安，帶領我們跳脫框架與偏見，不是為了尋找答案，單純的複製貼上，而是褪去教養過程中制式、標準化的情感糾結，重新拾回親子生活的單純與自然。

如果想要孩子改掉冒失的毛病，大人總想著找到最快、最有效的方法，然而，教養不是競速賽，也沒有終極目標，找到問題的癥結才是唯一途徑。你可以放手讓孩子自己感受行為帶來的後果與影響，也可以敞開心胸，試試神奇魔法的威力。我想，教養需要一點靈光閃現，無需打罵、憤怒與失落，試試添加兩分童心，三分彈性，再注入五分幽默，就像皮克威克奶奶一樣，孩子的問題都是小問題，其實統統沒問題。

謝謝皮克威克奶奶點構出的教養星系，只要你願意仰望，就能得到無比的力量與信心。有了皮克威克奶奶相伴，教養孩子無需單打獨鬥，不怕不怕！

專家導讀

時時與自己比對，感受作者的創意

陳欣希／臺灣讀寫教學研究學會理事長

我每天都會推薦一本書，以精簡的語句在個人臉書推薦。許多臉友會給予回饋，有的看了推薦會前往「購物車」，但也有夥伴提出疑問：「要怎麼讀，才能讀出一本書的趣味？」

欣希的小訣竅是——閱讀中，時時與自己比對！

不相信？來試試看吧！

我們都有介紹「某位人物」的經驗，或是口說、或是書寫。倘若，現在要介紹一個「完全沒有餐桌禮儀」的小孩，會如何描述呢？

若腦中浮現「狼吞虎嚥」的畫面……並且將畫面表達給他人聽而讓對方腦中也有畫面，就很棒囉！（往下閱讀前，先試著自己描述看看！）

如何？沒有想像中那麼容易吧！

那麼，讀讀下方描述：

「啪啦——呼嚕、咕嚕，砰！」

克里斯多福・布朗一口氣喝光了牛奶。他的媽媽正在擦拭食器，不過，她完全不必走進廚房，光聽那些聲音就知道克里斯多福在吃東西了……

光是這幾句話，就讓我們讀者清楚明白——這小孩的餐桌禮儀令母親大為煩惱！更別說後續還寫了克里斯多福咀嚼食物的時候……吞嚥食物的時候……喝湯時唏哩呼嚕的發出巨響……簡言之，內容相當符合篇名的設定——「吃飯像野獸」！

如何？與自己比對，完全能感受到作者的文字功力吧！傳神的描述讓人身歷其境！（希望這時的你，不是用餐時間……）

繼續！再想想，倘若不得不與「這頭飢腸轆轆的野獸」（修正修正，這麼一個像野獸的小孩）相處，該怎麼辦呢？

如何？一時想不到有什麼法子吧！

沒關係，再讀讀故事——

「布朗太太，別擔心。克里斯多福那麼可愛，我知道怎麼治好他的毛病……我有療方，我會把萊斯特借給妳。」

「萊斯特？他是誰？」

「牠是一隻豬……妳絕對沒有見過像萊斯特這麼注重餐桌禮儀的傢伙，牠和克里斯多福一起在廚房的餐桌吃飯，還會教克里斯多福怎麼吃飯呢！」

「可是，這聽起來實在太不可思議了！」

這幾句對話完全勾起我們讀者的好奇心——這隻豬會如何注重餐桌禮儀？這隻豬會如何教那男孩？父母對豬的「看法」在故事中會產生什麼火花？更重要的是……誰擁有這隻神奇的豬？如何？與自己比對，不得不敬佩作者，竟然能想出這樣的橋段！

這就是欣希的小訣竅！時時與自己比對，常能發現閱讀的趣味，進而讚嘆作者的安排！

對了，究竟是哪本書這麼有趣？答案是——《皮克威克奶奶2神奇魔法藥方》。本書貼切的描述了小孩的「症狀」，像是愛告狀、冒失、不想上學等，更提供了療方，好解決父母們的頭痛問題！雖然，這些療方是「皮克威克奶奶的魔法」，但，有趣的是，某部分也可以用在我們的真實世界哦！

推薦給大家！

皮克威克奶奶 2

神奇魔法藥方

第1章
皮克威克奶奶的魔法

為什麼我們鎮上所有的孩子都喜歡皮克威克奶奶？理由很簡單，因為皮克威克奶奶也很喜歡他們。皮克威克奶奶喜歡小孩，她愛和他們聊天，而且最棒的是，他們從來不會惹惱皮克威克奶奶。

茉莉．歐圖爾看書時，一邊吃著棒棒糖，一邊望著皮克威克奶奶那本大字典上的彩色圖片，和著水果糖的口水滴在那些彩色的珠寶圖片上，又忘了擦掉就合上書，結果書頁全都黏在一起了。皮克威克奶奶並沒有說：「妳這個粗心大意的小女孩，再也不准看我的書了！」也沒有說：「吃東西的時候絕對不能看書！」相反的，她說：「我們來看看，試試用水蒸氣分開黏住的書頁，然後用一點肥皂水，擦掉那些黏黏的東西，像這樣——看見了吧？像新書一樣呢！別不好意思，茉莉，我每次看那些珠寶圖片的時候，也會把口水滴在上面——妳最喜歡哪一個？我最喜歡青金石。」

迪希．威廉斯向派希吹牛要閉著眼睛開小拖車，卻不小心衝破地下室的玻璃窗，掉進儲煤箱裡，皮克威克奶奶笑到不得不在前廊的階梯上坐下來，還用圍裙擦擦眼淚。迪奇嚇壞了，他正準

備偷偷摸摸的從地下室的門鑽出來溜回家，皮克威克奶奶卻邊笑邊彎著腰，從破掉的窗戶向裡面說：「拿架子上的那罐油灰和油灰刀，還有靠在牆邊暖氣爐旁的那扇玻璃窗上來給我。非常謝謝你。現在仔細看好囉，迪希，每個男孩都要會修玻璃窗，尤其是喜歡閉著眼睛開小拖車的男孩。」

瑪芮琳．麥森為皮克威克奶奶倒茶時，手一滑打破了一只咖啡色的茶壺，皮克威克奶奶說：「這真是幸運，妳竟然輕而易舉的打破了我痛恨了十五年的漏水茶壺，而且完全沒有被熱茶燙到。明天我就可以進城再買一個新的——我打算買粉紅色的，買之前一定要試試看會不會漏。」瑪芮琳邊用袖子擦眼淚邊問：「那現在要怎麼泡茶？」皮克威克奶奶說：「用咖啡壺泡就

好啦，我們可以叫它『咖啡茶』。」

皮克威克奶奶還有一點很棒，只要是小孩親手做給她的禮物，不管是髒兮兮，或是歪七扭八，她都會拿來用，而且一定放在大家都看得到的地方。

強尼．維費德用醬料瓶做了一只小花瓶給她，瓶口只能插進像髮絲般細小的花梗，不僅如此，他還把瓶身塗滿了像膽汁一樣的綠色顏料，而且因為塗得太厚，顏料沿瓶身流下來，變成一顆一顆的疙瘩。不過，皮克威克奶奶很喜歡強尼，也很喜歡那個疙瘩花瓶，因為那是強尼特別為她做的。她將花瓶放在水槽上方的窗臺，而且總是在裡面插一枝花，不時捏著小花梗嗅聞香氣。每次強尼只要走進她的廚房，就會驕傲的指著花瓶說：「看見窗臺上那個美麗的花瓶嗎？嗯，那是我做給皮克威克奶奶的。對不對啊，奶奶？」

蘇珊．格雷小心翼翼端著她第一次做的餅乾來給皮克威克奶奶時，皮克威克奶奶完全沒有因為那些焦焦黑黑又醜不啦嘰的硬塊說：「不必了，謝謝妳！」相反的，她說：「哇，蘇珊．格雷，妳真是個聰明的女孩，才八歲就會做餅乾了！」

「是喔，只不過，要吃的人牙齒得夠好才行……」修伯特．潘帝斯拿了一塊焦焦黑黑的餅乾試著咬了一口，卻發現它硬得像石頭。皮克威克奶奶一把拿走他手中的餅乾說：「噢，修伯特，這餅乾非常特別，得沾點熱茶配著吃。」

說完，她便馬上去廚房泡了一壺熱茶，並且和茉莉、修伯特

與蘇珊坐在廚房的餐桌旁，一邊喝熱茶，一邊啃石頭餅乾。事實上，那些餅乾比石頭還硬，因為蘇珊在裡面加了肉汁，而不是香草精。當茉莉和修伯特互相做著被餅乾噎得想吐的動作時，皮克威克奶奶從桌子底下偷偷遞給他們一些薑餅，蘇珊完全沒有發現，所以她一直很得意。

茉莉．沃德為皮克威克奶奶織了一條長九公尺、寬五公分的圍巾。皮克威克奶奶打開盒子的時候，並沒有說：「天哪，茉莉，妳織這條圍巾的時候，腦袋裡一定想著長頸鹿吧。」相反的，她說：「妳知道嗎，茉莉，這實在太漂亮了，當成圍巾塞在外套裡實在太可惜，我決定拿來當作腰帶。」她將那條細細長長，像條髒兮兮的藍色蟲子的圍巾，纏在腰上好幾圈，然後打上環結，遠遠看起來還不賴。茱莉好得意，她說：「皮克威克奶奶，我織這條圍巾的時候，不斷告訴自己：『一定要織得長一點，讓皮克威克奶奶也能拿來當腰帶用。』」這當然不是真的。實情是，茱莉每天下午都一邊聽收音機一邊織圍巾，聽著織著就忘記停下來了。

皮克威克奶奶還有一個很棒的特點，她很喜歡聽小朋友說自己做過的夢。其實，全世界的小孩都會將自己的夢告訴別人，如果夢不夠長或不夠有趣，有時候，還會將看過的老電影、或爸爸前一晚讀的故事放進去，加油添醋一番。

說自己做過的夢是一種天真又單純的消遣，而且有助於滋養想像力，但不幸的是，這件事大多發生在早餐時刻，偏偏那個時段爸爸媽媽都有點急躁，也容易發脾氣，催來催去，沒有心情聽拉拉雜雜的故事，像是「然後，我就騎上大象，兩個獵人追了過來想要開槍射我，不過，嗯，嗯，哼哼，我就馬上變身成一顆核桃，掉到地上，滾啊滾啊滾啊，就……」通常到這裡，媽媽就會說：「別管那個無聊的夢了，快吃完你的玉米穀片！」不然，哥哥姊姊也會說：「噢，聽你在那邊胡謅亂蓋，我跟你說，我昨晚夢到……」

皮克威克奶奶不僅會仔細聽小朋友說自己的夢，還會問問題。每當小朋友放學後，來她家後院挖寶藏（皮克威克爺爺曾經是海盜，他過世後，埋了很多寶藏在家裡的後院），或是喝茶、玩娃娃的時候，她都會問：「誰昨天晚上做了好玩的夢啊？」孩子們就會一窩蜂的跑過來。

有一回，茱莉．歐圖爾夢見自己是一顆葡萄乾，而且被老鼠吃掉了；強尼．葛林夢見自己是個住在鯨魚肚子裡的海盜；修伯特．潘帝斯夢見自己是一根冰柱，任何碰到他的人都會結冰；蘇珊．格雷夢見她所有的娃娃突然都有了生命；賴瑞．格雷夢見自己是牛仔，而且有一匹白色的馬；瑪莉．洛．羅伯森夢見自己被覆蓋在冰雪下面，醒來的時候嘴裡塞滿了毛毯；凱蒂．懷寧夢見自己是穿著毛皮大衣的電影明星。

有一次，派希說，她夢見自己變成烤麵包機，大家都說她騙人，結果派希就哭了。皮克威克奶奶說要用自己的夢來幫助派希。

有些孩子的夢又臭又長，還一直哼哼——啊啊——嗯嗯的沒完，皮克威克奶奶就會幫忙把夢講完，並且說：「就是這樣，對不對，巴比？」然後，他們就會大大的鬆一口氣。

所以，你可以清楚明白皮克威克奶奶對孩子們的愛，她不但發自內心了解孩子，就算他們遇到大麻煩的時候也不例外。難怪鎮上的媽媽們對自己家小孩束手無策時，都會打電話給皮克威克奶奶。皮克威克奶奶總是有辦法，而且，她的櫃子裡也總是有滿滿的魔法藥粉、藥丸和各式各樣的用具，可以幫助孩子們改掉自己的壞習慣。

第2章 「我還以為你是說」療方

伯班克先生心不在焉的從報紙後面伸手拿糖罐。他四處摸索的手指碰到了吐司、蜂蜜罐和鹽罐，最後，終於摸到糖罐。他的孩子達希、艾莉森和巴德彼此用手肘互拐，嘻嘻呵呵的笑了起來。因為，每當爸爸在早報上讀到不好的新聞，都會來這麼一齣「摸糖罐」的戲碼。

有天早上，大概是新聞太糟糕了，他完全心不在焉，結果把紅醋栗果醬加進自己的咖啡裡。孩子擔心舊事重演，便將所有的東西推到一旁，只在他觸手可及的範圍內留下糖罐。今天早上，當伯班克先生一摸到糖罐時，便「砰」一聲將報紙拍壓在餐桌上。

「糖罐空了。」他惱羞成怒，一臉怨恨。

正在用奶油抹吐司的伯班克太太說：「達希，親愛的，快去廚房幫爸爸把糖罐裝滿。糖在紅色的大罐子裡。」

達希乖乖的站了起來，拿著糖罐走進廚房，過了好久好久，才端著一個湯碗回到早餐桌。

「你拿這個做什麼？」爸爸說：「糖呢？」

「糖？」達希說：「什麼糖？」

「我不是叫你『把糖罐裝滿』嗎？」伯班克太太說。

「噢，」達希說：「我還以為妳是說『去拿湯碗。』」

三個孩子面面相覷了一眼，爆出了哄堂的笑聲。最後，連伯班克先生和太太也跟著笑了。達希回到廚房裝滿糖罐，伯班克先生一連喝了三杯咖啡後，錯過了自己的巴士，決定和三個小孩一起走路去學校。

才剛步出大門，艾莉森就猛然想起自己忘了帶數學課本，趕緊衝上樓去拿。過了一會兒，她扒著欄杆大喊：「媽，妳有沒有看到我的課本？」

伯班克太太說：「它長什麼樣子？」

艾莉森說：「藍色的，不是很厚。」

伯班克太太說：「應該就在走廊後面的桌子上。」

艾莉森說：「怎麼可能在那裡？」

伯班克太太說：「在哪裡？我不是跟妳說，在『走廊後面的桌子上』嗎？」

艾莉森說：「我還以為妳是說，在『竹籃後面的鐲子上』。」

三個孩子全都發出震天響的笑聲。

艾莉森找到自己的數學課本，便嘻嘻哈哈的離家，嘴裡還不斷念著「在竹籃後面的鐲子上。」

伯班克先生催促說：「快點，快點，快來不及了。」他沿著街道快速前進，腳步堅定而響亮的在秋天薄霧瀰漫的空氣中鏗鏗作響。孩子們在他身後嘻嘻哈哈，拉拉扯扯，他們一路走得踉踉蹌蹌，而且，不停的被「我還以為你是說」這句話打斷，爆出尖銳刺耳的笑聲，伯班克先生率先走到路口轉角處，而幾個孩子才剛離開家裡的院子。他停下來等孩子們，放眼看著下方這座在清晨陽光中閃耀的城市。他很高興自己能住在山腰上，很高興自己正活著，也很高興能有一個九歲的兒子、七歲的女兒和六歲的小兒子。

當三個孩子都趕上來時，他說：「聽好，孩子們，看看下面這座城市，霧靄繚繞，多美啊！」

「烏龜在哪裡？」巴德說。

「什麼烏龜？」達希說。

「什麼顏色的烏龜？」艾莉森說。

「你們到底在說什麼啊？」伯班克先生說：「我說的是『霧靄繚繞』，哪來的烏龜？」

「噢，」巴德說：「我還以為你說是的是『龜殼閃耀』。」孩子們笑到捧腹彎腰，怎麼也停不下來。伯班克先生說：「無聊。」不過，這是個美麗的早晨，於是，他也跟著這些無憂無慮的孩子們哈哈大笑起來。

當他們要走到下一個街區的半路上，孩子們突然在一棟漂亮的白色房子前面嘎然停下腳步，擠成一團，並且齊聲叫喊：「瑪芮琳！瑪——芮——琳！快來，我們要遲到了！」

伯班克先生說：「這樣沒用。如果你們要找瑪芮琳，就直接去按她家的門鈴啊。」

孩子們一臉詫異，但還是順從的走向大門，按了門鈴。瑪芮琳的母親來開門，她不曉得跟孩子們說了什麼，讓他們全都瘋狂大笑，捧腹彎腰，猛按著自己的肚子走向他們的父親。

「什麼事這麼好笑？」伯班克先生問。

達希說：「瑪芮琳的媽媽說，瑪芮琳掉進烤麵包機裡，被燒死了。」

伯班克先生說：「瑪芮琳媽媽到底說了什麼？為什麼瑪芮琳今天不去上學？」

艾莉森說：「她說『瑪芮琳從雲霄飛機的座位上跌下來，頭受傷了』，達希以為她說的是『瑪芮琳從烤麵包機的縫縫跌進去，被燒死了』。」說完，她又爆笑起來。

但是，伯班克先生一點都笑不出來。他彎下腰，仔細檢查達希那雙又大又軟、粉嫩乾淨的耳朵。

「耳朵應該沒問題。」伯班克先生凝神看著其他幾個孩子的耳朵，似乎也都很正常。孩子們被他的舉動搞得一頭霧水。

巴德說：「爸，你在幹麼？」

伯班克先生說：「我在想，是不是應該幫你們買一個喇叭助聽器。」

「喇嘛助聽器？那是什麼東西？」巴德說。

其他兩個孩子也頻頻跟著他一直說：「喇嘛助聽器？喇嘛助聽器？」孩子們全都哈哈大笑，只有伯班克先生沒有笑，他受夠了。他說：「快點，我們來賽跑，看誰最快到學校。我當裁判。」

預備——跑！」

伯班克先生一到辦公室，第一件事便馬上打電話給伯班克太太。他說：「瑪麗，我們的小孩有得過猩紅熱嗎？」

伯班克太太說：「伯納德，你明明知道沒有啊。」

「那麼，」他說：「他們的耳朵有得過什麼傳染病嗎？」

「天哪，沒有啦，」伯班克太太說：「他們的耳朵從來沒有生過病，他們是這附近最健康的小孩。到底有什麼問題？」

伯班克先生說：「問題很多。他們沒有辦法把話聽清楚，我要他們看繚繞的霧靄，他們卻在找烏龜。瑪芮琳媽媽說瑪芮琳從雲霄飛機的座位跌下來，頭受傷了，他們卻以為她是說瑪芮琳跌進烤麵包機裡，被……」

「燒死了。」伯班克太太把話接完。「伯納德，你聽過任何人跌進烤麵包機嗎？當然沒有。這幾個孩子的耳朵完全沒有問題，他們只是被『我還以為你是說』這句可怕的話迷惑了。」

「那我們就得想辦法救救他們，」伯班克先生說：「他們聽起來像是中毒了。還烏龜哩，真是的。」

伯班克太太說：「別擔心，親愛的，這件事交給我處理。」

一談完話，伯班克太太便打電話問候瑪芮琳的母親，問瑪芮琳傷得嚴不嚴重，有沒有什麼需要幫忙的地方。瑪芮琳的母親說，瑪芮琳的情況還好，只是醫生認為她應該安靜的休養一、兩天。

接著，伯班克太太又問了瑪芮琳的母親，會不會因為孩子們的「我還以為你是說」行為感到困擾，並且把糖罐和湯碗，竹籃後面鐲子上的數學課本，還有瑪芮琳掉進烤麵包機和烏龜的事都告訴她。

瑪芮琳的母親說：「噢，伯班克太太，我很慶幸妳打電話來告訴我這些事，妳知道嗎，我們家瑪芮琳一整個早上也都在說類似的話，我還真擔心她的腦袋跌壞了呢。我問她要吃煎餅還是吐司，她卻說：『錢錢吐了，他是誰啊？』我問她頭痛不痛，她回答我『我還以為你是說『頭通不通』。」

伯班克太太說：「我要打電話給提格太太，看看她們家的泰利和泰瑞莎會不會也中了『我還以為你是說』這句話的毒。她是教養孩子的高手，如果她的孩子也有『我還以為你是說』這個毛病，那麼，她可能會有解決的方法。」瑪芮琳的母親對伯班克太太說，如果獲得了什麼有用的資訊，能不能也告訴她，然後她們便掛上電話了。

接著，伯班克太太便打電話給提格太太。她把「我還以為你是說」所有的情況都告訴她，並且問她泰利或泰瑞莎是不是也如此。提格太太字正腔圓的說：「唉呀呀，伯班克太太，妳也知道啊，我們一直很注重**正確的說話方式**，我們啊，都用**正確的方式說話**。孩子們連**捲舌音**都發得很清楚，他們也從來不會彼此誤解。說不定妳和伯班克先生有這方面的問題，說不定是你們給孩子們做了**不正確的示範**。說不定，那些可憐的孩子聽不懂你們說的話。**我每天下午都會開正音班，如果妳和伯班克先生有興趣，**

我很歡迎你們也一起參加。但請不要帶小孩來，因為我擔心他們會給我的孩子帶來不良的影響。」

伯班克太太為提格太太好心的提議而道謝，也許她說得沒有錯，她和伯班克先生應該盡可能把話說得更精準明確，如果這個星期情況還是沒有改善，他們或許該一起上正音班。提格太太再用清晰的咬字說：「**隨時歡迎妳們來，伯班克太太。**」說完，她便掛上電話了。

那天晚上，伯班克先生回到家時，她將自己打電話給提格太太的經過告訴先生，並且認為從現在開始，他們應該更謹慎的說話，好讓那些可憐的孩子都聽得更清楚明白。

吃晚餐時，伯班克先生非常大聲，而且字正腔圓的宣布：

「請把奶油傳過來！」孩子們先是互相瞥了彼此一眼，低聲囁語，然後便哈哈大笑起來，而那碟奶油依舊冰冰涼涼、安安穩穩的擺在達希面前。

伯班克先生一臉不悅的瞪著伯班克太太。她用非比尋常的高亢音調說：「**孩子們，聽好，請把奶油傳給你們的爸爸！**」

「噢，」達希說：「你是說『把奶油傳過來』嗎？我還以為你是說『耙子拿過來』。」

艾莉森說：「我還以為你是說『請爬過來。』」

巴德說：「我還以為你是說『請拍球過來。』」

伯班克先生用低沉嚴肅的聲音說：「我剛剛是說『請把奶油傳過來』。」達希笑臉盈盈的把奶油傳過去。

第二天早上吃過早餐後，伯班克先生在樓上大喊：「我的公事包呢？有沒有人看見我的公事包？」

艾莉森說：「誰有叉燒包？」

達希說：「你要牛肉包做什麼？」

巴德說：「我還以為他是說『菜肉包』。」他們全都笑倒在地上打滾，根本沒有人幫忙找公事包。

他們聽見爸爸媽媽在樓上走來走去，乒乒砰砰開關門的聲音，但是他們只顧著玩「我還以為你是說」的遊戲，完全沒有發現公事包就靠在前廳的暖氣旁，而巴德正好就站在它前面。

伯班克先生瞠目結舌、慌慌張張的跑下樓，差一點就錯過巴士。他邊跑邊對伯班克太太叫嚷著：「如果妳找到了，趕快送去辦公室給我。我今天早上非要拿到不可。」說完，便重重的甩上門追巴士去了。

伯班克太太為孩子們做了上學前最後的檢查，這才發現公事包斜靠在巴德的小短腿旁。她說：「孩子們，為什麼不告訴爸爸公事包在這裡？你們應該早就看見了呀！現在，我得特地出門辛苦的送去給他。你們那時為什麼不說呢？」她一臉嚴峻的看著三個孩子。

艾莉森說：「公事包！我根本不知道爸爸要公事包啊，我還以為他是說『叉燒包』。」

達希說：「我也不知道爸爸在找公事包，我還以為他是說『牛肉包』。」

巴德說：「我還以為他是說『菜肉包』。」

伯班克太太說：「你們明明知道爸爸不是在說什麼叉燒包、牛肉包或菜肉包，完全是在胡說八道，我太清楚你們在做什麼，而且我也受夠你們這個把戲了。」

她把孩子們推出門，送他們上學，連個親吻都不給。

然而，接下來幾天，「我還以為你是說」的行為變本加厲。到了星期五早上，伯班克先生和太太甚至惱怒到不想下樓，不想和那些成天把「我還以為你是說」這句話掛在嘴上的孩子們一起吃早餐。他們決定用保持緘默來解決這個問題。只不過，當電話響的時候，伯班克太太還是得開口叫艾莉森「接電話」。但艾莉森文風不動，於是伯班克先生大喊：「**接電話！**」

艾莉森回答：「原來是接電話，我還以為你是說『剪點花』。」

達希說：「我還以為你是說『切點薑』。」

巴德說：「我還以為你是說……呃、呃、呃，『牽牛花』！」

這成了最後一根稻草。伯班克先生說：「停止胡說八道，我再也不要和你們這些『我還以為你是說』的傢伙吃飯了。」

孩子們離家上學，伯班克太太洗完早餐的盤子後，便開始思考怎麼解決這個棘手的問題。她又給自己倒了一杯咖啡，坐在早餐桌旁想了又想，他們家的狗兒「老男孩」走過來，坐在她的腳邊，她給了老男孩一小片火腿，心裡不斷想著該怎麼辦才好。

正當她打算打電話向伯班克先生的母親求救時，電話又響了。伯班克太太接起電話，是皮克威克奶奶，她想邀請孩子們去她家喝茶。

伯班克太太說：「噢，皮克威克奶奶，真高興您打電話來。我正坐在早餐桌旁發愁，不知道該怎麼辦才好。」接著，她便將「我還以為你是說」的狀況，一五一十全都告訴了皮克威克奶奶。

皮克威克奶奶說：「最近整個鎮上吹起一股『我還以為你是說』的流行風潮，原本無傷大雅，卻漸漸惹惱了大多數的家長，尤其是在趕時間的時候。過去這幾個禮拜，我也遇過不少次。像是『穿上你的鞋子』被以為是在說『船上的蠍子』，『給我大頭釘』被以為是在說『為我打頭燈』之類的。不過幸運的是，這個毛病的療法很簡單。我有一種魔法藥粉，只要趁晚上偷偷撒在小孩的耳朵上，就可以讓他們的聽力變得非常敏銳，甚至連蜘蛛爬過地板、樹葉飄落到地上、蓓蕾綻放成花朵，或是螢火蟲一閃一閃發出亮光的聲音，他們都能聽得清清楚楚、明明白白。不過我得先提醒，一旦在小孩的耳朵撒了這種魔法藥粉，妳明天就不能做爆米花，開吸塵器或給他們吃酥酥脆脆的食物，因為那些聲響會帶給他們極大的痛苦。孩子們放學過來的時候，我會順便讓他們帶一些回去，妳也可以分一些給瑪芮琳的母親。再見囉，祝妳好運。」皮克威克奶奶掛上電話。

放學後，孩子們衝進家門，將皮克威克奶奶要他們帶回來的小包裹交給媽媽，並且趕緊上樓換衣服。皮克威克奶奶的包裹裡有一小瓶白色粉末，伯班克太太用手指沾了一點粉末摸一摸、聞一聞，觸感有點像滑石粉，聞起來卻有薑的味道。她把那瓶粉末偷偷的藏在手帕盒裡一疊乾淨的手帕下面。等到晚上，孩子們上床睡覺後，她才告訴伯班克先生這件事。他覺得魔法藥粉聽起來太神奇了，就決定先撒一點點在自己的耳朵裡。

伯班克太太起身去拿那瓶魔法藥粉，伯班克先生才放了一丁點兒在自己的耳朵裡，便馬上驚聲大叫起來：「快關掉那臺可怕的收音機，它的聲音快要我的命啦。」伯班克太太馬上衝去關掉收音機。伯班克先生說：「雷打個不停，一定是暴風雨要來了。」班克太太仔細聽，卻沒有聽見任何雷聲。她打開前門，走到屋外仰望著天空，清澈的夜幕上星星閃閃發亮，四周非常平靜，宛如一幅畫。伯班克先生卻大叫：「暴風雨愈來愈近了，幾乎就在我們的頭頂上空！」

伯班克太太走進屋裡關上門，她說：「伯納德．伯班克，屋外涼爽晴朗，一片寧靜，哪來的雷聲啊？」

伯班克先生說：「仔細聽，妳沒聽見嗎？真是震耳欲聾，是什麼聲音？好大聲啊！」伯班克太太非常仔細的聽。就在那時候，她聽見廚房傳來非常微弱的砰砰聲響，她趕緊趨前一探究竟，原來是家中的狗兒老男孩趴在餐桌下，正用腳在抓癢，腳跟頻頻敲打地板發出來的聲音。她給了老男孩一塊餅乾，請牠先到屋外，然後回到客廳問伯班克先生暴風雨過了沒？

他說：「走路就走路，妳有必要那麼用力的跺腳嗎？妳一定是變胖了，走起路來腳步聲才會像運煤卡車那麼沉重。」

身材非常纖細的伯班克太太，低頭看了看自己腳上那雙柔軟的室內拖鞋說：「伯納德，你最好把耳朵裡的魔法藥粉洗乾淨，因為，我現在想去拿些全麥蘇打餅乾來吃，如果不小心把餅乾碎屑掉在地上，對你來說恐怕是難以承受的折磨。」

伯班克先生說：「別用吼的！」

伯班克太太說：「親愛的，我非常的輕聲細語。」因此，伯班克先生只好上樓去清洗耳朵。當他打開浴室的電燈時，著著實實嚇了一大跳，因為那聲音聽起來就像開槍一樣。他轉開水龍頭，嘩啦嘩啦的水聲就像尼加拉大瀑布般驚人，就連不小心碰落窗臺上的小髮夾，聽起來都像巨大的鐵鍊掉在磁磚地板上。

伯班克先生在漱口杯裡裝滿了溫水，他想這應該就是清洗魔法藥粉最好的方式了。然而，就在他準備倒進耳朵的時候，突然聽見浴缸後面傳來驚人的尖叫和哀鳴聲。他挺起腰桿，放下漱口杯，窺伺著浴缸後面，卻什麼也沒有看到。於是，伯班克先生又在洗手臺前彎下身子，拿起漱口杯，就在他準備把溫水倒進耳朵的時候，那個可怕又刺耳的尖叫聲又出現了，這次是在他的頭附近。伯班克先生驚恐的放下漱口杯，馬上把頭栽到水龍頭下面開始猛潑水。他環顧四周，還是什麼也沒有看見。不過，那個聲音又出現了。這次是從百葉窗後面傳來，聲音聽起來比較微弱。他拉起百葉窗，仔細查看，還是一無所獲。可怕的聲音又來了，這次則是在鏡子附近。就在那時候，伯班克先生看見禍首了——是一隻蚊子。他完全沒想到自己耳朵裡還有魔法藥粉，順手抓起毛巾便向那隻蚊子拍打。頓時，整間浴室充滿了震天響的可怕尖叫聲。伯班克先生趕緊打開水龍頭，直接用溫水沖洗耳朵。

「呼——」終於解脫了！

他抓起那死蚊子的一隻腳，扔進垃圾桶，然後叫喚伯班克太太。「嘿，瑪麗，我現在沒事了，不過，我們必須小心使用這些魔法藥粉，因為效果實在太可怕了。」

伯班克太太說：「你可能一次用太多了。喏，我來放。我用牙籤挑，在每個孩子的右耳放一小粒就好，快來幫我。」

他們躡手躡腳走進孩子們的房間，用牙籤挑起一點點魔法藥粉，放進他們的右耳裡。就算已經睡著了，達希還是喃喃自語的說：「安德森老師，我沒有聽到你說『給我尺』，我還以為你是說『給我吃』。」

伯班克先生和太太看了他們沉睡中的兒子一眼，然後面面相覷。「達希大寶貝，明天等著瞧吧。」

第二天早上七點，巴德便慌慌張張的跑進父母的房間說：「爸爸、媽媽，我們房間有個非常可怕的聲音，聽起來好像是在鋸東西。」伯班克先生和太太馬上下床，穿上睡袍，跟去一探究竟。但是，他們什麼聲音也沒有聽見。

達希說：「爸爸，那個聲音是不是很可怕？你不覺得像炸彈爆炸的聲音嗎？」伯班克先生和太太到處看了又看，卻什麼也沒發現，也沒有聽見任何聲音。

伯班克先生要孩子們趕快穿好衣服、下樓吃早餐。巴德卻哭了起來，他說：「爸爸，我們會下去，但你不必用吼的。」

伯班克先生輕聲細語的說：「你們的聽力今天早上真的變得非常好，我沒有吼叫，相反的，我幾乎是用氣音在和你們說話。」接著，他又說：「達希，那個嗡嗡聲響到底從哪裡發出來的？仔細聽好，然後告訴我。」

達希說：「從窗簾那邊。」

伯班克先生拉開窗簾，發現有一隻非常小的蒼蠅，在窗子的角落裡嗡嗡嗡嗡的飛來飛去。他想起昨天晚上的經驗，便不敢輕易拍打那隻蒼蠅。於是他打開窗戶，拉開紗窗，趕那隻蒼蠅出去，看著它開開心心的飛走。

達希說：「爸，我受不了穿鞋帶時，發出的嘎茲嘎茲聲，聽起來好像骨頭斷掉了。」

伯班克先生說：「喏，我有個主意。」他把手帕像繃帶一樣綁在達希頭上。「這樣『肯定有效』。」他輕聲說。

「啃餅油條！」達希說：「我還以為你是說『啃餅油條』。」

爸爸一把將手帕扯下來，並且說：「快下樓吃早餐啦！」

早餐的時候，艾莉森說：「嗚，媽，我受不了妳在吐司上抹奶油的聲音，聽起來好像是在用鋤頭刮水泥地。」

巴德說：「用鋤頭刮水泥地？我還以為妳是說，嗯，呃，啊……」話還沒講完，他便舀了一匙燕麥粥進嘴裡。一片吐司突然從烤麵包機裡跳了出來，這三個孩子們全都跟著在座位上蹦了一下。

達希說：「媽，妳發出那些噪音前，應該先提醒我們。」

伯班克太太說：「真抱歉，可是對我來說，那個聲音還好啊。我猜，我的耳朵今天可能有點毛病。」

艾莉森說：「快點，你們兩個，準備去學校上課了。」

達希說：「我還以為妳是說『去學校唱歌』，我的意思是，我以為妳是說『唱歌……』，我是說……噢，我也不知道自己到底在說什麼。」

艾莉森說：「媽，老男孩的呼吸聲好大，我幾乎什麼也聽不見了，而且，牠有必要那樣一直伸舌頭舔嘴巴嗎？」

伯班克太太把老男孩叫過來，給了牠一片培根。牠狼吞虎嚥的嘖嘖吃掉，三個孩子們都從椅子上跳了起來，渾身發抖。

「那是什麼聲音啊，」艾莉森驚恐又憤怒的瞪著老男孩。「牠就像可怕的叢林猛獸。」

伯班克太太說：「孩子們，快點，穿好外套上學去。」

艾莉森說：「戳好外套，我還以為妳是說戳好外套。」

沒有人笑。

達希說：「艾莉森，妳講話不要那麼大聲啦，我的耳朵要聾了。」

巴德說：「你們沒聽清楚媽說的話嗎？她不是說『戳好外套』，她是說『穿好外套』。」

艾莉森說：「我知道啦，我的耳朵又沒有聾。上學吧。」

大門輕輕關上後，伯班克太太對正在伸手摸索糖罐的先生說：「這是五年多來，他們第一次沒有用力的甩上大門呢。親愛的，糖罐在這裡。還有，你的巴士再四分鐘就來了。」

就在那時候，大門突然「砰」的一聲被撞開，三個孩子哭著跑了進來。

艾莉森說：「媽，我們受不了了。人行道上都是落葉，我們走過去的時候，那些聲音實在太可怕了，聽起來就像好幾百個巨人同時在砍樹。」

巴德說：「好像幾百萬個紙袋同時發出聲音。」

達希說：「像是幾千棟房子同時失火了，嗶嗶啵啵，劈啪劈啪，乒乒砰砰。」

伯班克太太說：「伯納德，看樣子，我們最好幫他們把耳朵洗乾淨，還要向皮克威克奶奶由衷道謝才行。」

伯班克先生說：「她做錯什麼了嗎？」

「你說誰？」伯班克太太說。

「皮克威克奶奶啊。」伯班克先生說。

「你到底在說什麼啊？」伯班克太太說：「我是說，我們應該向皮克威克奶奶『由衷道謝』。」

「噢，」伯班克先生說：「我還以為妳是說……應該要向皮克威克奶奶『用力打臉』。」

三個孩子都快吐了。

第3章

愛告狀療方

那是一個冷冷的下雪天。漢米爾頓太太輕輕的攪拌了一下熱可可，然後走到廚房的窗邊，看看孩子們回來了沒有。三點十分，他們該回來了。漢米爾頓太太裝了一盤甜餅，拿出兩顆又大又紅的蘋果，又泡了兩杯香噴噴的熱可可。就在那時候，孩子們也繞過了街角。

溫蒂和提米在後門前重重跺腳，漢米爾頓太太幫他們脫下高

筒膠鞋，撣去身上的雪，催促他們趕緊進入溫暖又舒服的廚房。

「學校今天還好嗎？」她問，一邊幫溫蒂脫掉外套和褲襪。

溫蒂說：「哼，我討厭學校的每一個人，全校的人也都討厭我。」

漢米爾頓太太震驚不已。溫蒂九歲，她綁著厚厚的馬尾辮，留著閃亮的棕色瀏海，還有明亮的棕色眼睛和粉嫩的雙頰，漢米爾頓太太實在不明白為什麼有人會討厭她。漢米爾頓太太說：「為什麼，溫蒂，那實在太糟了，親愛的。為什麼大家都討厭妳？」

溫蒂說：「我不知道。他們就是討厭我。而且我不在乎，因為我也討厭他們每一個人。」她在廚房的桌子旁坐了下來，順手拿起甜餅咬了一口。

七歲的提米正坐在地上努力脫掉自己的褲襪。媽媽對他說：「來，提米，我來幫你。」

提米說：「不用，謝謝，我自己會脫。妳知道為什麼大家都討厭溫蒂嗎？因為她是個告狀大王，每個人都被她告過，連我都討厭她。」

漢米爾太太說：「為什麼，溫蒂．漢米爾頓，妳真的很愛告狀嗎？」

溫蒂一臉得意洋洋。「噢，對啊，每次只要有人在講悄悄話、聊天，還是寫紙條，我都會向沃辛頓老師報告。我甚至告訴她吉米．莫頓今天拿水彩筆來吸。我們本來就不應該吸水彩筆，要吸就吸自己的手指才對。」她啜飲了一小口熱可可，優雅的擦了擦嘴。溫蒂感到十分自豪。

但是，漢米爾頓太太一點都不自豪。她說：「溫蒂．漢米爾頓，我覺得實在太誇張了。那種小事一點都不需要向老師報告吧。」

提米說：「哼，她一天到晚打小報告，隨時都在忙著監視別人和說閒話，根本沒有時間玩。」

溫蒂說：「你最好小心一點，提米．漢米爾頓先生，要不然我就告訴媽媽你已經五天晚上沒有刷牙了，上星期三你還把晚餐的豬肝拿給點點吃，甚至把星期天要在教會主日學奉獻的錢拿去買糖果，昨天晚上還用手電筒在床上看書。」

提米說：「敢說我，妳今天早上還不是把吃剩的吐司塞進抽屜裡，妳打翻點點的水也沒有擦乾淨！我用主日學奉獻的錢買來的糖果，妳吃掉一大半。」

溫蒂漲紅著臉說：「噁，呸呸呸，你這個臭煎餅。」

「呸呸呸，妳自己才是死狗眼。」提米說。

溫蒂說：「媽！他每次都叫我死狗眼，他說我和點點的眼睛一樣是棕色的。」

漢米爾頓太太說：「溫蒂，去換掉學校的制服，然後練琴。提米，你也去換衣服，然後到地下室，把你昨天晚上拿出來的那些爸爸的工具收拾好。你們兩個一放學回家就這樣吵吵鬧鬧，完全破壞了我原本平靜美好的下午。」

漢米爾頓太太上樓，走進自己的縫紉工作室，關上門。那裡有個溫暖的小壁爐，收音機不斷傳出輕柔的音樂，還可以看見大片大片的雪花無聲無息的飄落窗前，真是安靜又舒服。漢米爾頓太太一邊車縫著溫蒂夏季洋裝的摺邊，一邊納悶，為什麼溫蒂會變成一個自命不凡又愛告狀的討厭鬼。告狀是一種非常令人憎惡的壞毛病，她很擔心連提米都會被影響。

漢米爾頓太太邊縫邊操心，窗外鬆軟的白雪在窗臺前愈堆愈高，小壁爐裡的熊熊炭火劈里啪啦作響，樓下傳來「搭啦、啦啦、搭啦啦啦啦……」，是溫蒂彈奏〈快樂農夫〉的琴聲。

漢米爾頓太太走到臺階旁，心裡想著：「噢，好吧，船到橋頭自然直。溫蒂這種情況只是過渡期。」

就在這時候，樓下的琴聲突然嘎然停止，不一會兒，縫紉工作室的門被一把撞開，溫蒂高聲宣告：「媽，我跟妳說，提米從剛才到現在都一直坐在地下室的樓梯上看書，我要他去做該做的事，他卻說：『噢，去打鋼琴啊，死狗眼。』」

漢米爾頓太太說：「我叫妳練琴，沒有要妳監督提米。」

溫蒂說：「如果我沒有監督提米，那誰會監督？妳只是坐在這裡，關起門來縫東西而已。」

漢米爾頓太太說：「溫蒂，我需要妳幫忙的時候，自然會告訴妳。現在下樓去練琴。」溫蒂轉過身，氣呼呼的跑下樓。

漢米爾頓太太起身，關上縫紉工作室的門。一切再度平靜下來。〈快樂農夫〉變成了憤怒重擊版，地下室則是一片寂靜。大約持續了十分鐘。然後，縫紉工作室的門又被撞開，這一次溫蒂和提米同時出現，他們互相推擠，扯著嗓門爭先告狀。

「她就是一個告密大王！」

「他一直在看書，什麼事也沒做……」

「沒有人喜歡她，我也超討厭……」

「去年聖誕節，就是他吃光大家的薑餅！」

「妳想知道溫沃斯太太三年前留下來的那支鋼筆到哪裡去了嗎？我告訴妳，就是溫蒂把鋼筆帶去學校，結果被馬帝·菲利浦踩壞了！」

「提米忘了還圖書館的書，結果被罰十塊錢，他連借書證都搞丟了……」

「他當著所有同學的面前，叫我死狗眼！」

「她弄壞我的萬花筒！」

「他把墨水灑在我的抽屜裡！」

「她打我……」

「他嘲笑我……」

漢米爾頓太太把他們趕回自己的房間，關上門。「吃晚餐前，你們都給我安靜的待在自己房間裡。」她嘆了口氣，下樓準備晚餐。才剛放好茶壺，電話就響了。

「喂。」漢米爾頓太太說。

「喂，」是皮克威克奶奶。「我剛烤好一些薑餅，不知道提米和溫蒂有沒有空。茱莉．歐圖爾正在泡茶，凱蒂．懷寧正幫忙擺茶具呢。」

漢米爾頓太太說：「噢，皮克威克奶奶，您真是太好了，不過，溫蒂和提米實在太調皮，我剛剛罰他們關在自己的房間，到吃晚餐才能出來。」

皮克威克奶奶說：「唉呀，真是令人遺憾。他們闖了什麼禍嗎？」

「愛告狀，」漢米爾頓太太說：「溫蒂今天放學回家的時候告訴我，全校每個同學都被她告過，她也告了提米，提米當然也沒放過她。我痛苦得不得了，因為，我最瞧不起這種事了。」

「噢，我也是，」皮克威克奶奶說：「可是愛告狀是小孩間常見的通病。強尼說呸呸呸，我說噗噗噗，強尼說妳又老又醜，我說如果這樣你也好不到那兒去，他又說哼哼哼哼……」皮克威克奶奶呵呵笑了起來，她說：「大家會用各種不好聽的話來形容打小報告的人，像是老師的走狗啦，愛哭鬼、抓小辮子、抓耙仔、牢騷鬼等等，但無論如何，我知道這些孩子其實心裡都不太開心。」

漢米爾頓太太說：「溫蒂今天下午告訴我，全校同學都討厭她，可是她不在乎，因為她也討厭所有同學。」

「這種情況目前雖然只是暫時性的，」皮克威克奶奶說：「但我們最好還是趕快進行愛告狀的治療。我有一些非常神奇的藥，我會請茉莉．歐圖爾回家時順道送去給妳。這些藥丸的外觀和味道都很像甘草糖，不過，效果十分驚人。讓我看看，今天是星期四，最好在星期五晚上之前讓溫蒂和提米服下。星期五晚上吃一顆，星期六再吃一顆。然後星期天晚上打電給我，讓我知道結果如何。噢，還有一件事，我建議不要找任何人來陪他們過週末，因為愛告狀療方的效果相當激烈和驚人。再見囉。幫我轉告溫蒂和提米，說我很愛他們。」

皮克威克奶奶「喀啦」一聲掛上電話。

漢米爾頓太太坐在椅子上瞅著電話好一會兒。「黑色小藥丸的效果驚人。不知道那是什麼東西？到底會有什麼效用？」

大約五點半，剛吃過熱騰騰薑餅的茉莉．歐圖爾，渾身是雪，睜著炯炯有神的雙眼來按門鈴，然後交給漢米爾頓太太一個小包裹。

「這是皮克威克奶奶給您的禮物，」茉莉說：「皮克威克奶奶要我轉告溫蒂和提米，她下個星期四還會烤薑餅，希望他們一定要來。」

漢米爾頓太太問她要不要進來坐坐，可是她說得趕快回家擺碗盤，說完，便轉身一路踢著冬天傍晚的積雪回家了。

漢米爾頓太太走進廚房，打開皮克威克奶奶給的包裹。裡面有個黑色的小盒子，上面印了一行字「愛告狀療方」。盒子裡有個黑色的小罐子，罐子裡有四顆黑色的藥丸。漢米爾頓太太仔細的檢查那些藥丸，外觀和味道都很像甘草糖，因為皮克威克奶奶說這些藥非常神奇，所以無庸置疑。她將藥丸放回小罐子裡，將罐子放回盒子，然後將那個盒子收在爐子上方櫥櫃的最上層。不知道為什麼，只要看見盒子上的那行字「愛告狀療方」，她心裡就覺得舒坦多了。她一邊哼著歌，一邊做晚餐和擺盤子，漢米爾先生一臉疲憊的回來了，她也完全沒有向漢米爾頓先生抱怨下午發生的那些狗屁倒灶的事。相反的，直到晚餐都上桌了，她才叫喚孩子們下樓吃飯，還故意假裝沒瞧見他們噘起的小嘴和淚光閃閃的眼睛。

提米幾乎一口塞下半顆烤馬鈴薯，溫蒂才要開口告狀，漢米爾頓太太便馬上要她去廚房拿胡椒罐。當溫蒂大口大口喝著牛奶時，提米也打算告狀，漢米頓太太便搶先一步開口：「噢，看看可憐的點點，牠餓到都哭了。」藉由這樣持續的靈活調度，這頓晚餐終於安然結束。

只是，第二天早上和下午卻變本加厲。孩子們從起床到上床睡覺都一直吵個不停，互相告來告去。漢米爾頓太太刻意充耳不聞，心裡只想著那些黑色的小藥丸。但是漢米爾頓先生終於受不了，給了他們一頓好打，並且警告他們，如果還想告誰，就來告訴他。就在兩人止住淚水準備上床睡覺時，漢米爾頓太太先確認了他們不會被噎到，便分別給他們一顆甘草糖。她迫不及待天趕快亮，好看看神奇藥丸到底會發揮什麼樣的效果。

隔天早上，屋外還在下雪，孩子們很晚才起床。溫蒂先下樓，她臭著一張臉，拖著腳步走進廚房，看起來就像稻草人和風車。她穿著一條老舊、褪色又過小的夏季短褲，又薄又皺的汗衫和媽媽那雙白色舊拖鞋，臉沒洗，頭髮也七橫八豎，一副睡眼惺

忪的模樣。

漢米爾頓太太說：「溫蒂．漢米爾頓，屋外大風雪，妳卻穿著夏天的衣服，快上樓去，穿上藍色牛仔褲和毛衣，洗臉刷牙，再把頭髮好好梳一梳。」溫蒂狠狠的瞪了媽媽一眼，便又拖著沉重的腳步上樓去了。

沒多久後，提米也下樓了。他倒是穿好了牛仔褲和毛衣，不過，當媽媽趨前為他捲袖子想看看他是否梳洗完畢時，卻發現他毛衣裡面還穿著睡衣，睡衣裡面還有內衣。漢米爾頓太太只好也把他遣上樓去換衣服，她看著孩子們奇怪的衣著，憂心忡忡的納悶著，這會不會和神奇藥丸有關。她當然希望沒有關係。因為有兩個愛告密小傢伙已經夠糟了，如果這兩個傢伙又在白天還穿著睡衣，或是大冬天穿著夏天的衣服，那豈不就更叫人無法忍受。

漢米爾頓太太為他們盛好燕麥粥，倒好牛奶，她還是忍不住擔心的看著樓梯口。他們這次下來會變成什麼模樣，神奇藥丸在他們身上到底會產生什麼作用。她所有的疑惑頓時獲得解答。首先，她聽見了尖銳刺耳的吵架聲，接著是快步追逐的奔跑聲，然後又是一陣劈劈啪啪和叫喊的聲音，最後便看見這兩個愛告密的傢伙漲紅著臉，怒氣沖沖的跑下樓爭相告狀。

「媽……」溫蒂滑進廚房的門。「媽……提米他說……」可是，從溫蒂口中出來的，不是她想告密的那些事，而是一團黑煙。那團黑煙形成了一朵小黑雲，下面垂掛了四條黑色的小尾巴，小小黑黑的。那朵黑雲飄到天花板上，卡在那裡，四條小尾巴則緩緩的前後飄動。

提米說：「我的天啊，溫蒂的嘴巴裡竟然吐出黑煙。我就說吧，媽，我敢打賭溫蒂一定有……」可是，從他口中而出的不是他原本想說的「抽菸」兩個字，而是一團大黑煙。那團黑煙也形成一朵黑雲，只不過下面只掛著一條尾巴，因為他這次只打算告發一件事。提米和溫蒂瞠目結舌的望著天花板。

漢米爾頓太太說：「我總是在想，你們要告狀的那些祕密到底長什麼樣，現在我知道了。噁，真是醜陋！」溫蒂和提米一句話也沒有說，他們只是一直盯著天花板，然後看看對方，再盯著天花板。最後終於坐下來吃早餐。

早餐過後，屋外仍下著大雪，但溫蒂和提米仍堅持出門劃雪。他們一語不發的穿好綁腿、外套，也戴上帽子和手套，可是他們分不清楚哪一雙長筒膠鞋是誰的，於是便開始互相拉扯推撞，大聲咆哮，向漢米爾頓太太告發彼此的不是，只是當他們一開口，卻都吐出巨大的黑煙，下面還懸掛著一條長長的黑尾巴。這兩朵新生成的黑雲緩緩往上飄，也卡在天花板上，並且停在先前兩朵黑雲的旁邊。

溫蒂說：「要是在學校裡也這樣，該怎麼辦？」

提米說：「啊，大家一定會嚇一大跳。我相信哈克尼斯老師一定會這麼說：『提米．漢米爾頓，你竟然在抽菸！』」

溫蒂說：「我才不希望在學校發生這種事，到時候一定會成為全校同學的笑柄。嘿，這是你的長筒膠鞋啦，因為他們看起來

比我的小一丁點。」

他們穿好長筒膠鞋，靜靜的去走道剷雪。

漢米爾頓太太偶爾會偷看一下他們，她很好奇，要是在屋外出現那團黑雲，不曉得會怎樣。會直接飄向天空？或只是停留在那兩個愛搬弄是非的小傢伙頭頂？大約中午的時候，漢米爾頓太太的疑惑終於獲得解答。兩個孩子剷完走道的雪，開始堆雪人。溫蒂比較高，負責放雪人的頭，但偏偏她放的時候，不小心滑了一跤，整個人撲跌在雪人上面，把雪人整個撞倒了。提米氣得火冒三丈，他認為溫蒂是故意的，於是怒氣沖沖的用力敲打大門，大吼大叫的向媽媽告狀。

當漢米爾頓太太打開前門時，正巧看見提米的嘴裡冒出了一大團黑煙，上面還掛著一條黑色的尾巴。那團黑煙緩緩的升到大約十公分的高度，停在提米的頭頂上方。提米順手拿起鏟子想拍掉那團黑煙，但鏟子只是穿過了黑煙揮過去，這麼做只是讓黑色的小尾巴微微的晃了一下而已。

溫蒂覺得有趣極了。她說：「我要把茉莉、迪克、修伯特和派西都叫來，讓他們看看你才是真正的告狀大王。」

提米說：「妳才是，我要用肥皂好好洗妳的臉，死狗眼。」

溫蒂說：「你敢就試試看啊，還有，媽說過你不能叫我死狗眼，我要告訴媽，她會處罰你。媽……」

就在那時候，溫蒂的嘴巴也冒出一大團黑煙，上面還掛著一條大大的黑色尾巴。它飄到了大約一公尺的高度，停在溫蒂的頭

上。溫蒂說：「走吧，提米，我們進屋裡去，要是被郵差看見這些黑色的怪東西就慘了。」他們放下鏟子，走進屋裡，那兩團黑煙也一路跟著他們，飄進廚房的天花板上，和先前的幾朵黑雲聚攏在一起。

下午發生了一件奇怪的事。當時溫蒂和提米正在廚房的桌子上畫著色簿，提米輕輕的碰到溫蒂的手肘，溫蒂正準備告發提米的時候，突然想起那些醜陋的黑雲，她仰頭看了一下天花板，然後，硬生生的把到了嘴邊的話又吞回去。那一刻，她赫然發現，其中一朵醜陋的黑雲竟然消失不見了。

幾分鐘後，溫蒂弄斷了提米的紅色蠟筆，提米正準備起身告狀的時候，正好抬頭看見天花板。那些醜陋的黑雲讓他想到，或許溫蒂並不是故意要弄斷他的紅色蠟筆，所以他也把原本要告的狀吞了回去，坐下來繼續著色。就在那時候，天花板又有一朵黑雲消失不見了。

等到漢米爾頓先生回到家時，只剩下兩朵黑雲了，就是最大的那兩朵，一朵有四條小尾巴，另一朵掛著一條大尾巴。漢米爾頓先生看了天花板一眼說：「天啊，油鍋爆炸了嗎？」

漢米爾頓太太說：「查理，到客廳來一下，我有話跟你說。」

幾分鐘後，漢米爾頓先生拿了一支高爾夫球桿回到廚房，拼命的揮打那兩團黑煙。可是一點用也沒有。它們雖然被高爾夫球桿打中，依舊文風不動，連形狀也沒有絲毫改變。

整個晚餐時間，孩子們都靜得出奇，用餐氣氛愉悅得令人備感驚訝。事實上，整晚都沒有人口出惡言。當他們準備上床睡覺時，儘管漢米爾頓太太覺得沒有必要了，卻還是把最後兩顆藥丸給他們。

孩子們都上床以後，漢米爾頓先生爬上廚房的高腳椅，試著把那兩團烏煙瘴氣的雲拉下來，不過，那就像是要把煙拉下來一樣徒勞無功，他終於放棄了。他說：「那真是我見過最要命的東西了。」

漢米爾頓太太說：「我倒覺得它們很美呢。」

星期天，溫蒂又製造了一朵黑雲，而提米則是將自己最後一朵雲消滅了。星期天晚上，漢米爾頓太太打電話給皮克威克奶奶，將事情的經過一五一十告訴她，並且問她孩子們是否已經痊癒了。皮克威克奶奶說，她很確定那兩個孩子已經痊癒了，但重要的是，漢米爾頓太太絕對不能讓孩子們知道神奇藥丸的事，否則可能就會重蹈覆轍了。

到了星期一早上，廚房天花板上所有黑雲都消失不見了，如果溫蒂和提米知道了藥丸的事，他們肯定又會大肆告狀，搞得家裡一團混亂，可是，他們的嘴裡再也沒有冒出黑煙，雖然他們從前天晚上後就沒有吃過藥了。正因為他們不知道藥丸的事，所以，每次只要想告狀的念頭一出現，他們就會把到了嘴邊的話又嚥回去，然後，一臉罪咎的看著天花板。

星期一下午，溫蒂放學回家後說，學校的每個人都很喜歡她，她也喜歡大家。提米則是一句話也沒有說，雖然他帶了一個黑眼圈和破皮的鼻子回家，還是一句話也沒有說。他和溫蒂喝著熱可可，談天說笑，只是，他們的眼睛都一直盯著天花板。

第4章 吃飯像野獸療方

「啪啦——呼嚕、咕嚕，砰！」

克里斯多福・布朗一口氣喝光了牛奶。他的媽媽正在擦拭銀器，不過，她完全不必走進廚房，光聽那些聲音就知道是克里斯多福在吃東西了。克里斯多福的餐桌禮儀總是讓布朗太太感到十分丟臉，她說了又說，說了又說，說了又說，但到目前為止，完全看不出一丁點改善。

克里斯多福十歲，他是個很棒的小男孩。他有著一頭紅髮，是優秀的棒球選手和運動員，學校的功課表現也很出色，而且總是把房間整理得乾淨又整齊，唯獨餐桌禮儀叫人不敢恭維。不，這樣說不對——因為他完全沒有餐桌禮儀可言。他吃起東西來就像頭野獸，一頭飢腸轆轆的野獸。

布朗先生和布朗太太當然已經習慣了，平常他們都要兒子待在廚房裡吃飯，不過，令布朗太太憂心忡忡的是，總有一天克里斯多福會受邀去朋友家作客。她不擔心孩子們的派對，因為克里斯多福總是樂在其中，在派對的遊戲上表現得很好，而孩子們也不太在乎他吃起東西來像頭飢餓的野獸。布朗太太真正擔憂的是，要是有一天，克里多福必須在別人家過夜，或是和朋友的家人一起去別的城市或國家旅行。一想到克里斯多福把第一口食物放進嘴裡大吃猛嚼的畫面，就令布朗太太不寒而慄！

克里斯多福咀嚼的時候，從來不閉上嘴巴，因此，你可以清楚看見所有食物在他嘴裡和著口水的活動狀態。還有，他嘴唇發出的嘖嘖聲響，簡直媲美雙手沾過水後用力拍掌的聲音。吞嚥食物的時候，他會發出巨大的咕嚕咕嚕聲，還會用牛奶漱洗嘴裡的食物殘渣。他會一口氣用叉子叉起一大堆肉片、馬鈴薯、豆子和胡蘿蔔去沾肉汁，然後用力塞進自己的喉嚨裡，深到幾乎看不見叉子的握把。他還會用拇指將叉子上成堆的食物聚攏起來。他用刀叉在盤子上切東西的時候，會把手肘撐在桌上。他在麵包塗上太滿的奶油，還會把盤子的食物剁爛搗碎，讓自己的晚餐看起來像狗食。他會把湯碗拿起來湊近下巴，然後唏哩呼嚕的發出巨響喝湯。他一邊咀嚼食物一邊說話，還會用插滿食物的叉子比來比去，常常不小心就讓食物像彈弓上的石頭一樣，彈飛過整個餐廳。克里斯多福的用餐壞習慣簡直罄竹難書，但是，你只要想像自己坐在一隻野狼身邊吃飯，那種畫面就足夠傳神了。看他吃東西，真是一件非常倒胃口的事。

布朗太太一邊擦銀器，一邊想著克里斯多福的餐桌禮儀，不由得悲從中來。「應該要有間學校專門教用餐禮儀，」她自言自語：「而且要強迫學生把課都上完。」

電話響了。是迪克媽媽——湯普森太太打來的。她說：「下星期六我邀請了迪克的朋友來家裡晚餐，我那個很厲害的獵人老弟查爾斯要來家裡住幾天，所以我想，要是迪克的朋友可以見見查爾斯，並且觀賞他在非洲拍的影片，應該很不錯。我邀請了克里斯多福、修伯特．派帝斯和賴瑞．格雷，除了他們，還有十二個大人。」

布朗太太對湯普森太太道謝，她知道克里斯多福一定會非常開心，掛上電話後便去為自己煮了一大壺咖啡。她倒第一杯咖啡的時候，手顫抖得非常厲害。十二個大人加上湯普森太太的名人弟弟查爾斯，全都要和克里斯多福坐在一起用餐。光想到這個畫面，就讓布朗太太坐立難安。

「噢，該怎麼辦？我該怎麼辦才好？」她說。她曾經和克里斯多福好好談過，這孩子也非常乖巧愉悅的同意她所說的每一件事，並且努力在接下來的一、兩次用餐過程中注意禮節。但一下子便打回原形，繼續吃得啪啦啪啦、唏哩呼嚕、唏唏唰唰、喀滋喀滋、嘎啦嘎啦、咕嚕咕嚕、窸窸窣窣、嘖嘖嘖嘖、乒乒乓乓！布朗太太嚇得渾身顫抖不已。

她打電話給好朋友潘希爾太太。她說：「潘希爾太太，我就不拐彎抹角了。我兒子克里斯多福的用餐禮儀，大概是全世界最糟糕的了，我真是拿他一點辦法都沒有。不曉得波西、潘蜜拉和波特的用餐禮儀還好嗎？」

潘希爾太太說：「呃，這我倒從來沒有留意過，布朗太太。妳也知道，波西、潘蜜拉和波特向來對每一件事都有他們的自主權。他們一出生，我們就完全不約束他們，不為他們設限。事實上，我已經好幾年沒有看見他們吃飯了。」

布朗太太問：「那他們是怎麼活下來的？」

「噢，他們會吃東西啊，」潘希爾太太說：「只不過，他們只有在自己覺得需要的時候才吃。波特除了花生和罌粟籽，其他什麼都不吃，而且他通常只在晚上吃。他說，白天吃東西是一種太過稀鬆平常的慣例，應該停止才對。潘蜜拉只吃燻肉香腸和香蕉。她會自己去買食物。對一個才七歲大的小孩來說，她可是挑選香蕉的專家呢。」

「我沒有辦法，」布朗太太有點生氣的說：「我想，讓一個小孩只靠燻肉香腸和香蕉過日子，實在是太可怕了。那波西吃什麼呢？」

「波西？我想想看喔，」潘希爾太太說：「噢，對了，波西什麼都吃。他的配合度非常高。只要給他餅乾、糖果、棉花糖、蛋糕、冰淇淋和沙士就行了，妳不必擔心波西，他是個好男孩。」

布朗太太說：「嗯，潘希爾太太，我想，家家有本難念的經。妳讓我覺得好過多了，希望妳認識不錯的醫生，因為妳真的很需要。」

潘希爾太太說：「噢，我想應該不需要，因為我和潘西爾先生也是這樣長大的，我們的成長過程都快樂得不得了。潘希爾先生只吃燻鮭魚和葡萄乾，我呢，我只吃……」

布朗太太匆匆掛上電話。「燻鮭魚配葡萄乾……噁。」

接著，她打電話給皮克威克奶奶，告訴她所有的事。她眼眶含淚，鉅細靡遺的描述克里斯多福吃飯的模樣，也告訴她自己得知那個晚餐派對時，有多麼擔憂和羞愧，全都原原本本的向皮克威克奶奶吐露。

皮克威克奶奶說：「唉呀，布朗太太，別擔心。克里斯多福那麼可愛，我知道怎麼治好他的毛病。但這件事也需要妳的配合才行，畢竟會造成妳的些許不便。不過我有療方，我會把萊斯特借給妳。」

「萊斯特？」布朗太太說。「他是誰？」

「牠是一隻豬。」皮克威克奶奶說。

「噢，不好吧！」布朗太太說：「拜託不要！我家沒有地方養豬，而且鄰居也會有意見。」

「別擔心，」皮克威克奶奶說：「萊斯特絕對沒問題。牠是一隻美麗又彬彬有禮的豬，非常安靜，而且只要安排牠睡在地下室就好。所以鄰居根本不會知道。」

「可是，我要把牠的飼料槽放在哪裡？」布朗太太問。

「噢，萊斯特不需要飼料槽，」皮克威克奶奶說：「這就是重點了。妳絕對沒有見過像萊斯特這麼注重餐桌禮儀的傢伙，牠和克里斯多福一起在餐桌吃飯，還會教克里斯多福怎麼吃飯呢！」

「可是，這聽起來實在太不可思議了！」布朗太太說。

「我知道，」皮克威克奶奶說：「只要我提到萊斯特，每個媽媽都有像妳一樣的疑慮，可是，請容我告訴妳，一旦讓萊斯特進門，就再也不想把牠送回來還我了。每次都這樣，大家都好喜歡萊斯特，拼命想留牠下來呢。對了，順便告訴妳，牠喜歡睡在乾淨的毯子上，所以請幫牠在地下室的地板上鋪一條乾淨的毯子。還有，牠喜歡地下室的門留個小縫，這樣等鄰居都睡著了，牠就可以出去外面活動活動。克里斯多福放學後會來我這裡嗎？我請他順道帶萊斯特過去。馬丁太太今天早上才送牠回來呢。」

「可是，牠要吃什麼呢？」布朗太太問。

「克里斯多福吃什麼，牠就吃什麼，只是不要給得太多。對了，差點忘記，萊斯特很喜歡咖啡，而且要加牛奶和糖，每餐常常要喝到五杯那麼多。請將萊斯特的毯子鋪在暖爐旁，讓牠好好睡覺，我相信牠會解決妳所有的問題。再見囉。」

布朗太太上樓去，從客房的櫃子裡拿出一條乾淨的藍色毛毯，憂慮不安的將毯子攤開來，鋪在地下室暖爐旁的地板上。她看了一眼時鐘，再十分鐘克里斯多福就回來了。她沖了加奶泡的熱可可，準備兩盤薑餅，一盤比較大，一盤比較小，還削了兩顆又大又紅的蘋果。她拿出湯匙和餐巾，但就在那時候，她想起皮克威克奶奶說過萊斯特很注重餐桌禮儀，便又拿出兩塊上好的亞麻餐墊，鋪排在餐桌上。

三點半一到，有人敲後門，是克里斯多福，他通常不會敲門，今天卻和一隻大白豬在門口等。克里斯多福說：「媽，牠叫萊斯特，我們得養牠。噢，牠不但有趣、聰明，而且無所不知，對不對啊，兄弟？」

布朗太太說：「克里斯多福和萊斯特，進來吧，我準備了一些熱可可在等你們呢。」

克里斯多福說：「耶。太棒了，」說完便衝向餐桌，一把抓起杯子咕嚕咕嚕大口喝了起來。萊斯特則是優雅的走進廚房，輕輕的關上門，然後爬上椅子，坐在克里斯多福的對面。克里斯多福正狼吞虎嚥的塞了滿嘴食物，並且和著熱可可一起吞下去。萊斯特看著他，然後將一片餅乾夾在前蹄的指縫中，一小口、一小口慢慢的吃了起來。接著，牠又用前蹄夾起熱可可的杯子，啜飲了一小口後，再小心翼翼的放下杯子，同時用餐巾輕輕按壓著自己的口鼻。

克里斯多福突然停止咀嚼，不吃了，只是雙眼發直，怔怔的看著萊斯特吃。克里斯多福張著塞滿食物的嘴巴，嘴脣上方沾了

濃濃的奶泡，下巴也黏了許多餅乾碎屑。萊斯特把手伸過桌子，輕輕闔上克里斯多福的嘴巴，然後擦掉他嘴唇上方的奶泡，以及下巴的餅乾碎屑。

克里斯多福開心極了，他滿嘴食物，邊咬邊說：「天啊，萊斯特，你真的好聰明。」

來斯特先伸出前蹄放在嘴唇上，再指了指克里斯多福鼓起來的雙頰，像是在提醒：嘴巴裡有食物的時候，不要說話。

克里斯多福抬起頭看著媽媽說：「媽，牠是不是很聰明啊？萊斯特很棒，對不對？」

萊斯特看了布朗太太一眼，布朗太太十分確定萊斯特向她眨了一下眼睛。

通常，克里斯多福不到一分鐘就能把餅乾和熱可可全塞進嘴裡，然而今天，不曉得是因為有萊斯特作伴太興奮了，還是因為萊斯特為他做了良好的示範，克里斯多福竟然到了四點還在吃。等到布朗太太下樓想要清理餐桌時，她很驚訝的發現克里斯多福才剛吃完，而萊斯特才吃了一半。布朗太太問萊斯特還想不想再來些熱可可，牠點點頭，將杯子遞給布朗太太。

克里斯多福說不想再喝了，於是便開始吃起蘋果，他狼吞虎嚥的卡滋卡滋大口啃咬。萊斯特伸手過去，拿起他的蘋果，然後離開座位走向廚房的抽屜，拿出一把水果刀，幫克里斯多福的蘋果去核，切成幾等分，再將切好的蘋果放在空的餅乾盤上，遞給克里斯多福。克里斯多福拿起其中一塊整個放進嘴裡，萊斯特向他搖搖頭，也伸手拿起其中一塊，小小的咬了一口。克里斯多福嚥下第一塊蘋果後，又拿起另一塊，但這一次，他沒有整個塞進嘴裡，只咬了小小一口。萊斯特向他點點頭，讚許他的表現。

四點半的時候，萊斯特和克里斯多福都吃完蘋果和熱可可了，克里斯多福帶萊斯特走到地下室，看牠要睡覺的地方。萊斯特非常謹慎的看了看暖爐室的空間，並且撫平那條從客房裡拿來的藍色毛毯上的皺褶，心滿意足的向克里斯多福點點頭。他們相偕走進遊戲室，地板上有一顆紅色的網球。萊斯特撿起球扔向克里斯多福，克里斯多福接住球，又扔回去。萊斯特一口咬住，然後用前蹄拿出球，再扔回給克里斯多福。他們一直玩到克里斯多福要按時收聽的神祕牛仔廣播節目開始了，才停止。

他對萊斯特說：「啊，萊斯特，希望你不會介意，但是我五點都要聽這個廣播節目。不過，如果你還想玩球，我當然也可以不聽。」

萊斯特搖搖頭，轉身指著壁爐，裡面還留著一點小火星。

克里斯多福說：「萊斯特，你想要我點火，對不對？」

萊斯特點點頭。克里斯多福劃了一根火柴，點燃紙，添好木柴。萊斯特躺在壁爐旁暖暖的毛毯上，伸了伸懶腰，然後閉上眼睛。克里斯多福則窩在收音機旁聽節目，氣氛非常祥和。

布朗先生下班的時候，布朗太太將湯普森太太邀請克里斯多福和她的名人弟弟查爾斯一起晚餐，還有皮克威克奶奶與萊斯特的事，統統告訴布朗先生。布朗先生不太相信萊斯特有辦法教會克里斯多福餐桌禮儀。「這不就是盲人領盲人走路嗎？怎麼教啊？」他哈哈大笑起來。

布朗太太說：「噓，菲利浦，萊斯特就在地下室，牠的餐桌禮儀真的是我見過最好的。」

布朗先生說：「那我要下樓看看萊斯特。」

他邊走向地下室的階梯，邊吹著口哨。「誰怕大野狼呀？」

布朗太太無奈的唉了兩聲。布朗先生先探了一眼乾柴室，沒有萊斯特的身影。接著又看了看暖爐室，發現地上有一條客房的藍色毛毯，便順手撿起來，抖一抖，帶進洗衣間，塞進洗衣槽裡。他又在洗衣間裡巡了一趟，看看洗衣機、水槽和燙衣板下面，一邊發出「毆咿，毆咿，毆咿」的哼聲。卻完全沒有獲得任何回應。他發現地下室的門開了一個小縫隙，便順手關起來鎖上，嘴裡還一邊叨念誰這麼粗心大意，不怕遭小偷。

然後，他聽見遊戲室裡傳來收音機的聲音，他決定去問問克里斯多福，他把那頭豬藏在哪裡。一進門卻驚訝的發現，萊斯特就趴在嗶嗶啵啵的壁爐前溫暖的毛毯上，專心聽著收音機。他說：「哈，這就是萊斯特啊。毆咿，毆咿，毆咿。」

萊斯特睜開眼睛，冷冷的瞥了他一眼。說時遲，那時快，布朗先生已經趨前一步站在萊斯特面前，並且執起牠的前蹄。

「唉呀，我真是不應該！」布朗先生說，笑臉盈盈的和牠握了握手。

克里斯多福說：「爸，萊斯特是不是很聰明啊？」

布朗先生說：「我不是常說，你可以教會豬做任何事，豬可是全世界最聰明的動物呢。」萊斯特依舊冷眼看著布朗先生，牠對「毆咿，毆咿，毆咿」這件事還心懷芥蒂。布朗先生彎下腰，開始搔萊斯特的耳朵後面，萊斯特溫柔卻堅定的推開他的手，然後兜了一圈，繼續趴在壁爐旁。布朗先生臉頰微微泛紅的說：「好吧，我想，我最好上樓去看看晚餐準備得怎麼樣了。」

克里斯多福說：「等一下，爸，我想讓你看看聰明又敏捷的萊斯特怎麼玩球。來吧，萊斯特，好小子，我們來玩球。」他撿起那顆紅色的網球，萊斯特心不甘情不願的站了起來。克里斯多福丟球，牠用嘴巴接住後，再丟回去。克里斯多福又丟了一次，萊斯特接住後，這次卻把球丟向布朗先生。布朗先生嚇了一跳，差一點就漏接，不過看得出來他很高興，因為他一直面帶笑容的看著萊斯特。他們持續玩著三角傳接球，直到布朗太太叫喚他們上樓吃晚餐，並且要克里斯多福去洗手。

遊戲室裡有一間小小的盥洗室，克里斯多福一如往常的衝進去，隨意將手沾溼，潑了一點水在臉上，便打算拿起毛巾來擦拭臉和手上所有的髒汙。但就在那時候，萊斯特也跟進來了，牠一把拿走克里斯多福手上的毛巾，掛回吊桿上，塞上水槽的塞子，注滿溫水，開始用肥皂清洗自己的蹄和臉。洗完後，牠放掉水槽裡的水，為克里斯多福重新注滿乾淨的溫水。

萊斯特弄乾剛洗乾淨的臉和蹄，同時，克里斯多福也正用肥皂徹底的清洗自己的臉和手，洗完擦乾後，萊斯特拿了一把梳子沾溼，撫平了頸背和耳朵後面的鬃毛。克里斯多福也有樣學樣，用沾溼的梳子梳理自己的頭髮。然後他們才一起上樓。

不幸的是，布朗太太忘了有萊斯特在，還準備了豬肋排當晚餐。那些肋排烤得金黃酥脆，布朗先生挑了最大的一根給萊斯特。萊斯特面帶微笑的坐了下來，因為桌上的每樣東西都色香味俱全，牠攤開餐巾，啜飲了一小口牛奶，然後切了一小塊肋排放進嘴裡開始咀嚼，隨即一臉慘白，推開面前的盤子。

克里斯多福憂心忡忡的看著牠。「天啊，萊斯特，你怎麼了？不喜歡肋排嗎？」

萊斯特將自己的肋排，放進克里斯多福的盤子裡。

克里斯多福說：「萊斯特，我去告訴媽媽你不喜歡肋排，她會為你做炒蛋或其他的食物。要是爸爸不喜歡吃什麼東西，她都會這麼做。」說完，他便要從椅子上下來，卻在那時候被萊斯特一把按住他的肩膀。萊斯特態度堅定的搖搖頭，並且指著克里斯多福的晚餐，做出咀嚼的動作，示意他繼續吃。

萊斯特的盤子裡還有兩種配菜，番薯和長豆。牠還吃了沙拉、兩顆桃子、兩塊蘋果醬蛋糕，並喝了四杯咖啡。克里斯多福不但吃完自己的晚餐，用餐過程中還非常安靜，沒有像平常那樣發出很大的聲音。他甚至還問萊斯特自己能不能用手抓肋排吃。

晚餐過後，萊斯特和克里斯多福與布朗先生又玩了一會兒球，克里斯多福該上床睡覺了，他向布朗先生和萊斯特道過晚安，便上樓去了。

萊斯特走回自己的床，發現毛毯不見了。牠在地下室找來找去，心裡想著可能被布朗太太移動了位置，卻一無所獲。接著，又看了看後門有沒有留一個小縫隙，卻發現門被緊緊關上並且鎖住了。牠又找了一會兒毛毯，到處都找不著，於是決定上樓去問問布朗太太。牠沿著地下室的階梯往上走，費了好大的工夫才打開地下室那扇卡住的門，快步穿越廚房和餐廳，彬彬有禮的站在客廳的門邊。

布朗先生和布朗太太正吵吵鬧鬧的玩著紙牌，完全沒有發現萊斯特就站在那裡。好幾分鐘後，布朗太太才猛然抬起頭看見牠。「呃，萊斯特，你又上來看我們了嗎？」萊斯特搖搖頭。布朗太太說：「怎麼啦？地下室太冷嗎？」

萊斯特又搖搖頭。

「噢，我知道了，」布朗先生說：「你要我陪你玩球，對不對啊？」萊斯特還是搖搖頭。就在那時候，萊斯特突然想到引他們進地下室或許是個好法子，便用力的點了好幾下頭。「好小子，好啦，」布朗先生說：「來吧，艾莉絲，妳也來瞧瞧吧。」布朗太太說很樂意，他們就一起下樓去了。

然而，萊斯特暫時將自己完美無瑕的禮儀擺在一邊，逕自走在最前面。牠沒有進入遊戲室，反而站在暖爐室的門邊。布朗太太看了一眼暖爐室。「咦，你的毯子呢？」她說。萊斯特搖搖頭。布朗太太說：「呃，真奇怪，下午的時候我明明把客房的藍色毛毯鋪在這裡啊。到底出了什麼事？」

布朗先生一臉羞赧的從洗衣槽裡拎出那條毛毯。他說：「我不知道那是萊斯特的床，我還以為是誰掉在地上。」

布朗太太重新攤開毛毯鋪在地上，萊斯特小心翼翼的撫平皺褶，再折起其中一角，看起來像個小枕頭。布朗先生和太太都一臉驚訝的看著牠。

「我這輩子從來沒見過這麼聰明的動物，」布朗太太說：「牠簡直像個人。」萊斯特不以為然的看著她。

「現在你可以好好睡覺囉，我們也該上樓去了。」布朗先生說。

他開始朝地下室的樓梯走去，但是萊斯特伸出前蹄，輕輕的將他推向地下室的後門。

「呃，又怎麼了，好孩子？」布朗先生問：「地下室的門鎖好啦，沒什麼好擔心的。」

布朗太太說：「呃，當然需要擔心。皮克威克奶奶特別交代，要讓地下室的門留一個小縫隙，這樣萊斯特才能在晚上到外頭活動活動。」她拉開門栓，微微推開門。

萊斯特欣然點頭，非常有禮貌的看著他們上樓離開，才走進暖爐室，趴在藍色毛毯上睡覺。

第二天早上，當克里斯多福下樓來的時候，發現媽媽正在煎培根，他一臉震驚的說：「我的天啊，媽，妳難道沒有發現嗎？昨天晚上妳做了豬肋排，萊斯特幾乎要吐了，今天早上竟然又煎培根。」

布朗太太說：「呃，克里斯多福，我還以為昨天的晚餐非常可口呢。肋排不是你的最愛嗎？」

克里斯多福說：「可是，媽，肋排是豬肉。是死豬身上的一部分啊！」

布朗太太伸手摀住自己的嘴。她說：「噢，我完全沒想到。真是太糟糕了，你覺得萊斯特有發現嗎？」

克里斯多福說：「我敢說牠一定發現了。牠才咬了一小口就臉色發白，還把盤子推開。我本來想告訴妳，但是牠不讓我說。」

布朗太太說：「快來，趁牠上樓來以前，把這些培根端去給你爸爸。我會幫你和萊斯特準備玉米穀片、炒蛋和吐司當早餐。

叫你爸快把這些培根解決掉，我來清一清廚房的油煙。」說完，她便打開後門，用力拍抖著自己的圍裙，把煎培根的油煙趕出去。這麼一來，幾分鐘後萊斯特上樓時，廚房裡只剩燕麥粥和奶油吐司的味道了。

這頓早餐一如往常，克里斯多福先倒了一大堆鮮奶油在自己的燕麥粥裡，又加了尖尖四大匙的糖，然後像是在攪拌水泥一般用力攪啊攪。等到燕麥粥變得又濃又稠，而且涼了以後，他便將整個碗端至下巴的位置，然後將燕麥粥大口大口鏟進嘴裡，狼吞虎嚥的吃了起來。

他說：「啊，天啊，萊斯特，我不是故意吃得像頭豬，我是說，我是說，像個貪吃的傢伙。」萊斯特只是目不轉睛的瞅著他。克里斯多福說：「等等，我還要更多鮮奶油。」

萊斯特搖搖頭。牠伸手端起克里斯多福那個裝燕麥粥的碗，然後小心翼翼的倒了一半的鮮奶油在牠的碗裡。

克里斯多福說：「這就對了，我們一人一半，你想加點糖嗎？」

萊斯特點點頭，並且小心的加了兩小匙的糖。克里斯多福仔細看著，也依樣畫葫蘆。

當克里斯多福打算啟動像水泥車的攪拌方式時，卻被萊斯特制止，並且拿走他的湯匙，為克里斯多福示範該怎麼吃燕麥粥。一次一湯匙，從容優雅的從碗裡舀出來，這麼一來，每一湯匙裡就會有熱燕麥粥、冰涼的鮮奶油和甜甜的糖了。

克里斯多福試了一次，然後說：「嘿，萊斯特，這樣真的好吃多了耶。」萊斯特微笑的點點頭。

克里斯多福開始刮盤子時，萊斯特又搖頭了，並且示意他要將湯匙放在空的盤子旁邊。

克里斯多福吃炒蛋的時候，萊斯特連續伸了三次手，幫助他閉上嘴巴。還為他示範，不要把吐司整片拿在手上沾果醬，而是先將它斯成一小塊一小塊，再沾果醬吃。牠還要克里斯多福每次喝完牛奶後，都用餐巾擦一擦殘留在嘴邊的牛奶。克里斯多福顯然不在意這些批評，因為他和萊斯特擁抱道別，再出門上學去，還答應中午要一路快跑回家吃午餐。

這是個天氣晴朗的早晨，布朗太太清洗了許多衣物。她晾衣

服的時候，萊斯特便過來，幫她把裝滿溼衣服的洗衣籃從地下室搬上來，並且為她遞晒衣夾。等到所有的衣服都晾完了，萊斯特便躺在草地上晒太陽，牠很巧妙的將自己藏在兩條床單和桌巾中間，這樣就不會被鄰居發現了。

布朗太太蹲下來，輕輕撫著自己的背，對牠說：「萊斯特，謝謝你幫我晾衣服，也謝謝你教了克里斯多福那麼多禮節。他已經進步非常多了。」萊斯特發出了咕咕噥噥的聲音。

到了迪克．湯普森家晚宴的那天晚上，克里斯多福的餐桌禮儀已經無可挑剔了。布朗一家人簡直愛死了萊斯特，完全沒有想到牠有一天將會離開。萊斯特陪著克里斯多福一起上樓洗澡更衣，牠幫克里斯多福擦背，還要求他耳朵要清洗兩次。牠為克里斯多福擦亮鞋子，並且要他回自己房間拿一條乾淨的手帕。

克里斯多福出門去參加派對，萊斯特則走進廚房準備吃晚餐，卻發現廚房的桌上空無一物，克里斯多福不在，讓牠覺得很孤單，也很難過。於是牠便逕自走下樓，趴在自己的毯子上。

布朗太太叫喚牠。「萊斯特，克里斯多福不在家，你要不要到餐廳來和我跟布朗先生一起吃飯呢？」萊斯特欣然點頭，踏著輕快的腳步，跟著布朗太太一起走進餐廳。

晚餐是烤羊排，儘管萊斯特吃了三大份，牠的餐桌禮儀依舊優雅完美，布朗先生和太太都一臉崇拜的看著牠。

晚餐過後，布朗先生陪萊斯特玩了一下，布朗太太則在廚房裡清理。然後他們全都坐在客廳一起聽收音機，等待克里斯多福回家。他一直到快十點才進門，興高采烈的帶回來一大堆非洲和獅子的故事。每個人都專心的聽他說故事，在湯普森家吃了什麼，還有查爾斯叔叔長什麼樣子，最後才上床睡覺。

第二天早上，布朗太太接到兩通電話。第一通電話令她感到十分驕傲，因為是湯普森太太打來的，她說自己非打這通電話不可，因為她這輩子從來沒有見過像克里斯多福這麼舉止合宜又優雅的男孩。「他的餐桌禮儀簡直完美得不得了。」她說。布朗太太臉上的笑容怎麼也停不下來。

第二通電話則是皮克威克奶奶打來的，這通電話則是讓布朗太太非常難過。皮克威克奶奶問布朗太太是否滿意萊斯特的表現，布朗太太說：「噢，皮克威克奶奶，牠的禮節真是太周到了。牠是個非常棒的老師，也非常優雅迷人，這讓我只要一想到自己曾經說別人吃相像豬，或是自私得像豬一樣，就會羞愧得無地自容，難過到想哭。」

皮克威克奶奶說：「嗯，當然囉，不是每隻豬都像萊斯特這樣，但牠的確很迷人，我也不想這麼快就把牠從妳身邊帶走，可是我剛剛接到伯班克太太打來的緊急求助電話。麻煩克里斯多福中午放學後，帶萊斯特回來我這裡吧。」

布朗太太向萊斯特道別時，眼眶中充滿了淚水，而她也感覺得出來，萊斯特也有那麼一點依依不捨。

第5章 愛插嘴療方

「你猜猜，今天在花藝俱樂部發生了什麼事？」晚餐的時候，法蘭克林太太問先生。法蘭克林先生還沒回答，班傑明就開口說：「嘿，爸，我當上球隊的投手了喲。」

「班傑明，請不要打岔，好嗎？」法蘭克林先生說：「呃，卡蘿，花藝俱樂部到底發生了什麼事？」

「約翰，我贏得了連翹和灌木設計獎。」法蘭克林太太說。

「花藝啊，有一件事我一直搞不懂……」法蘭克林先生才一開口，史帝夫就插嘴了，「我放學回家的時候，捉到一隻綠色的小青蛙。」

「別打斷爸爸說話，」法蘭克林太太說：「約翰，你說你搞不懂什麼？」

「我不懂，為什麼不用花，一定要用……」莎莉又打斷。她說：「我需要一雙新的滑輪溜冰鞋。我現在那雙實在太舊了。每次滑的時候都覺得好丟臉……」

「那是妳去年春天才買的耶，我才需要新的棒球……」班傑明才剛開口，史帝夫的話又插進來了，「那隻小青蛙就蹲在那裡……」然後又被班傑明打斷，「那顆舊的球不好投啦……」莎莉接著說：「附近每個小孩都有新溜冰鞋，就只有我……」

每個孩子都用更大的音量打斷對方的話，聲音愈來愈大，最後大到幾乎是用吼的。

法蘭克林先生用更大的聲音壓過所有人，「**全都給我閉嘴**，讓我把話說完。既然是花藝，為什麼不用花？老是用一些樹枝、乾掉的種子、莢果或破花盆之類的東西。」

法蘭克林太太寬容的對她先生笑一笑，開始解釋：「花藝設計是一門藝術……」這時候，莎莉插話進來，「如果要我穿那雙破鞋滑八字形的動作，我寧可去死。新款的鞋只需要花……」史蒂夫打斷了她的話，「你們要看我的小青蛙嗎？我把牠……」他的話又被班傑明打斷了，「難道這個家裡沒有任何人在意我當上棒球隊的投手嗎？難道沒有人……」

「**不要插嘴！**」法蘭克林先生大叫。等大家都安靜下來，法蘭克林太太才又開口，

「花藝是一門藝術……」她的話又被莎莉突如其來的尖叫聲打斷了。「爸，媽，史帝夫的口袋裡有一隻青蛙！我聽見牠在叫。我聽見……咦！」

法蘭克林太太說：「史帝夫，你的口袋裡真的有青蛙嗎？」

「嗯，對呀，我只是剛好看到。」史帝夫伸手進口袋裡，抓出一隻非常小的樹蛙。

「**啊——**」莎莉尖叫。「快拿走啦！」

「嘿，讓我看看，」班傑明說：「哇，好漂亮！你是怎麼抓到牠的？」

「很簡單啊，」史帝夫說：「我走路回家時，聽見牠在叫。」

「把青蛙拿出去。」法蘭克林先生態度堅定的說。

「噢，爸，不要啦，」史帝夫說：「那樣牠會逃走耶。」

「拿出去。」法蘭克林先生重申。

史帝夫緩緩移動雙腳，小心翼翼用雙手捧著那隻青蛙，當他走到廚房的門邊時，突然轉過身對媽媽說：「嘿，媽，這隻青蛙也許可以讓妳用來做花藝設計。」

「呃，史帝夫，這個點子太棒了，」法蘭克林太太很感興趣，「可是，我要怎麼讓牠乖乖待在花缽裡？」

「噢，奇普一定會，」史帝夫說：「牠乖得不得了。我要牠做什麼，牠就做什麼。」

「如果牠真的那麼乖，你叫牠做什麼就做什麼，為什麼不乾脆叫牠乖乖待在屋外等你就好。」法蘭克林先生說。

班傑明說：「啊，對了，爸，我們可以把牠養在地下室嗎？放牠在外面會迷路。」

法蘭克林先生說：「好吧，地下室可以，可是，記得把牠放在盒子裡。好啦，卡蘿，親愛的，妳剛剛說到那兒了？」

法蘭克林太太笑臉盈盈的繼續說：「我說，花藝設計是一門藝術……」

「嘿，爸，這個盒子可以嗎？」廚房裡傳來史帝夫的聲音，他正站在高腳椅上在架子裡翻來翻去。

法蘭克林先生說：「別打岔，你媽媽正在說話。」

法蘭克林太太又開始說：「花藝設計是……」說時遲那時快，史蒂夫走進餐廳，戳了戳爸爸手臂，用大家都聽得見的嘶啞氣音在他耳邊說：「爸，這個盒子可以嗎？」

法蘭克林先生啪的一聲把雙手摀在頭上。「我快瘋了，」他說：「插嘴！插嘴！插嘴！這些孩子不停的打岔。幾個星期以來，這間屋子裡根本沒有人能好好講完一句話。現在，史帝夫，你給我乖乖站在這裡，等你媽媽把花藝設計的事講完再說話。」媽媽一連講了十五分鐘，史帝夫連動也不敢動一下。這對他說簡直是一種酷刑，而那隻青蛙也不斷的大聲嘓嘓叫。

等到法蘭克林太太一講完，史帝夫馬上接腔：「嘿，爸，這個盒子可以嗎？」

「可以，可以，可以，把青蛙放進去。」法蘭克林先生說：

「卡蘿，妳覺得皮克威克奶奶有辦法治這種愛插嘴的毛病嗎？」

「一定沒問題，」法蘭克林太太說：「我來打電話……」

這時候莎莉插嘴了。「要是我有新的滑輪溜冰鞋，就能做出兩次向後……」

「青蛙吃什麼？」班傑明從地下室的樓梯大喊。

「八字形的動作。」莎莉終於把話說完。

「蒼蠅可以嗎？」史蒂夫大叫。

莎莉說：「我願意每天晚上幫忙洗碗……」

「我是說死蒼蠅？」史蒂夫大叫。

「我會自己賺零用錢，而且不會……」莎莉又開口了。

班傑明大吼：「史帝夫竟然已經抓了半盒死蒼蠅。你要把這隻小青蛙撐死啊？」

莎莉說：「要不是你們非要我把滑輪溜冰鞋放在外面……」

「嘿，媽，班傑明打翻死蒼蠅，撒得地下室的樓梯到處都是！」史帝夫說。

「馬上打電話給皮克威克奶奶！」法蘭克林先生發出怒吼。

於是，法蘭克林太太趕緊拿起話筒撥電話。

皮克威克奶奶說：「我有一些專治愛插嘴的神奇藥粉，但必須搭配兩支吹粉管使用。我建議你和法蘭克林先生各用一支。晚餐當你開始說話的時候，就請法蘭克林先生對孩子們吹粉，等他說話的時候，就換你對孩子們吹粉。然後，他們就再也不會打岔了，我保證。你乾脆讓班傑明和史帝夫現在就過來一趟，反正屋外天色還很亮。」

法蘭克林太太說沒問題，謝過皮克威克奶奶後，便掛上了電話。

班傑和史蒂夫很樂意跑腿，因為他們超愛皮克威克奶奶，他們也想讓皮克威克奶奶看看小青蛙奇普。等他們離開以後，法蘭克林太太和莎莉便開始收拾洗碗，法蘭克林先生一邊抽著菸斗，一邊看報。

男孩們回家以後，便將一只包裹交給媽媽，然後直接走進地下室安頓青蛙，因為皮克威克奶奶給了他們一盒青蛙食物，他們迫不及待想看看奇普會不會吃，還問莎莉要不要跟他們一起去地下室，莎莉說她要畫地圖，就逕自上樓了。

法蘭克林先生和太太終於有獨處的時間。他們打開皮克威克奶奶的包裹，裡面有一小罐白色粉末和兩支吹管。罐子上的說明寫著：「**愛插嘴藥粉**：將一點藥粉置於吹管中，當你不想被打岔時，只要將藥粉吹到對方臉上即可。雖然藥粉看不見也感覺不到，但最好還是趁插嘴的人沒有注意的時候再吹。」

法蘭克林先生和太太等不及想趕快試試這個神奇的藥粉，但他們也知道，最好等到明天早餐的時候再使用。於是，他們早早送孩子們上床，盡情的享受接下來完全不會被打擾的寧靜時光。

就在準備上床睡覺前，他們在吹管裡裝了一點神奇藥粉，放在二樓走廊的桌子上，這樣他們才不會忘記。第二天一早，他們熱切的期待孩子們下樓來吃早餐。

好不容易全都到齊了，法蘭克林先生故意用了然無趣、拉拉雜雜的語氣，說著各種早起的好處。當孩子們還在搞清楚爸爸這個枯燥的話題打算說多久，好奇的紛紛轉頭看著他的時候，法蘭克林太太便趁機將神奇藥粉吹到他們臉上。

法蘭克林先生繼續說：「我小時候就很喜歡早起。從來不需要有人叫我起床上學。我每天很早就起床，剛開始起來得有點晚，大概六點半左右，然後我開始訓練自己五點半就起來，後來又覺得不夠早。所以我開始四點半就……」

這時候，班傑明插嘴了。「學校有個男生……」他才一開口，就說不下去了。只見他的嘴巴像金魚那樣一開一合，卻完全沒有發出聲音。

法蘭克林先生目不轉睛的看著他，笑著繼續說：「四點半起床，這樣我就能看見美麗的日出，聽見早晨悅耳的聲音……」

史帝夫試著打岔。「我老師說……」但他只說到這裡就說不下去了。他的嘴巴就像眼鏡盒那樣一開一合，一開一合，卻完全沒有發出聲音。

莎莉指著兩個男孩哈哈大笑起來。「嘿，快看……」不過她一張嘴就合不起來了，張得好大好大，就像木板上的節孔一樣。

法蘭克林先生看了看這幾個瞠目結舌的孩子，滿臉笑意的繼續說：「那些鳥叫聲優美又平和；還可以聞到沾著露珠的花朵散發出來的香氣。看見太陽一點一點的升起，將灰暗的大地染上絢麗的色彩。」他終於在完全沒有被打岔的情況下，說完了所有他想說的話。

接著，法蘭克林太太說：「約翰，我是不是應該邀請織布師傅星期五晚上來家裡吃飯？她們雖然很煩，但是我們欠……」

班傑明試著打岔。他說：「今天是……」可是，接下來便沒有人聽見他說什麼了，因為他的嘴巴是像莎莉一樣大大的張著。

法蘭克林太太繼續說：「欠她們一頓晚餐，還有那些開推土機的工人也……」

莎莉似乎也想說些什麼。「你們叫我不要……」可是聲音到這裡就停止了，只見她的嘴巴一下張得好大，一下又閉上，一下張開，一下又閉上，就像眼鏡盒一般。完全沒有聲音。

史帝夫說：「怎麼回……」但後面的話似乎都卡在喉嚨吐不出來，他的嘴巴只是像金魚那樣一開一合，一開一合。

法蘭克林太太繼續說：「他們看起來也有點精神不濟，要不要乾脆來個一石二鳥。」

「正好讓他們來試試妳的廚藝。」法蘭克林先生哈哈大笑起來。孩子們全都一語不發，只是像木板的節孔、金魚和眼鏡盒那樣呆愣愣的坐著。

那天下午，法蘭克林太太邀請了幾位花藝俱樂部的女士來喝下午茶，她要莎莉幫忙送三明治，要男孩幫忙燒熱水和洗杯子。莎莉穿起她那件最好的白色圍裙，男孩們也把杯子上的茶垢水痕都洗得乾乾淨淨，所有的事情都進展得非常順利，直到溫特斯梅爾太太開始解釋起細鐵絲網運用在花藝設計上的技巧。

在場所有的女士都聽得聚精會神的時候，廚房的門卻突然打開，班傑明和史帝夫一起衝進客廳。

「媽，這是西洋菜嗎？」史帝夫說。

「噢，別聽他亂說，」班傑說：「大家都知道那是水芹菜。」

「孩子們，」法蘭克林太太說：「回廚房去，你們打斷溫特斯梅爾太太的話了。」男孩們乖乖走進廚房，法蘭克林太太向大家道歉後，便從走廊的桌上拿起小吹管，尾隨在他們身後。就在他們從食物儲藏室轉進餐廳的時候，法蘭克林太太趁機將魔法藥粉吹在他們身上，然後嚴厲的教訓了他們一下。

然後，為了安全起見，她也把在門外，期待偷聽到兩個男孩挨罵的莎莉叫了進來，要她再多切一些檸檬片。當她從冰箱拿出檸檬時，趁她還沒轉過身，法蘭克林太太也在她身上吹了一點魔法藥粉，接著便走回客廳，繼續聽完溫特斯梅爾太太對細鐵絲網的提議。

溫特斯梅爾太太的發言獲得大家如雷的掌聲，貝克斯奎契爾太太緊接著侃侃而談，如何不使用花材，就讓設計變得更具巧思。就在她即將進入主題，說明自己如何利用牙籤和瓶蓋創作出可愛的造型時，莎莉卻試著想打斷她說話，告訴她自己在學校用牙籤做的勞作。她一把抓住貝克斯奎契爾太太的手臂說：「我們用牙籤做……」但她只說到這裡，嘴巴就張著動不了了。

貝克斯奎契爾太太瞪大眼睛，怔怔的看著莎莉。「這孩子有口吃嗎？」她問法蘭克林太太。

「沒有，」法蘭克林太太極苦惱的說：「她只是太愛插嘴了。莎莉，快回廚房去。」莎莉只好張著嘴巴乖乖聽話。

貝克斯奎契爾太太繼續說：「女士們，真是太有趣了，那個女孩張著嘴巴的模樣，讓我想起自己在芝加哥用木板節孔和玻璃所做的迷人花藝設計。」

在場的女士無不紛紛拉近椅子想一探究竟。

法蘭克林太太從眼角的餘光瞥見廚房的門倏的打開。班傑明和史帝夫貼著走廊的牆壁徐徐走過來。

「媽，史帝夫他……」

「媽，班傑明他……」

就這樣。他們只是站在那裡，嘴巴一開一合，完全沒有發出聲音。女士們全都撇過頭看著那兩個孩子。

華特斯奴格太太因為重聽，戴著助聽器，她以為孩子們在說話自己聽不見，便將助聽器的聲音開到最大，卻還是什麼也沒有聽見，於是便取出電池，換上新的。

法蘭克林太太起身將兩個男孩推進廚房。貝克斯奎契爾太太繼續說：「只要兩根菸斗通條和一個軟木塞，放進空的沙丁魚罐頭……」

這時候，華特斯奴格太太的耳中，突然爆出極大的聲響：

「只要兩根菸斗通條和一個軟木塞，放進空的沙丁魚罐頭……」

她嚇了一跳，趕緊將聲音轉小。

接下來的時間，孩子們都乖乖的待在廚房裡，為了保險起見，法蘭克林太太還是把吹管放在隨身的提袋裡。

晚餐時，法蘭克林先生向孩子們吹了許多神奇藥粉，讓他們甚至連開口打岔的能力也沒有。他們只是轉過頭望著想打斷他說話的那個人，不停的張嘴閉嘴，張嘴閉嘴，就像眼鏡盒那樣。

最後，終於在一個談話的空檔，莎莉在沒有打斷任何人的情況下，開口問媽媽和爸爸，為什麼班傑明、史帝夫和她會突然變得像魚那樣沒有辦法說話。法蘭克林先生和太太只好向他們坦承魔法藥粉的事，還給他們看小吹管。

班傑明說：「這個主意真不賴，但我覺得妳和爸爸也應該來一點，因為妳們也常常插嘴。」

法蘭克林先生說：「班傑明，你媽和我是大人。」

法蘭克林太太說：「我認為班傑明說得沒有錯。」說完便吹了一大堆藥粉在法蘭克林先生身上。而法蘭克林先生也趕緊以牙還牙，回報了一些藥粉給法蘭克林太太。所有的人都忍不住哈哈大笑。

幾分鐘後，法蘭克林先生試圖打斷法蘭克林太太關於喝茶那冗長且無聊的談話，他驚訝的發現自己的嘴巴只能一開一合，什麼聲音也發不出來。

後來，法蘭克林太太想打斷班傑明描述昨天晚上夢見的「金銀島」夢境，她的嘴巴也馬上變得像鱈魚那樣一開一合。

當然，接下來兩個星期，法蘭克林家幾乎用光了所有的魔法藥粉，只是，魔法的效力卻一直持續，從此再也沒有人打斷別人說話了。在法蘭克林家，說話成了一件愉快的事，你永遠不必擔心被打岔，就算你說的是全世界最無聊的故事。

第6章 冒失鬼療方

那是個美麗的春天下午。一早就暗沉沉的，雪倫離家上學時開始下雨，整整下了一上午。現在是下午三點十五分，已經陽光普照，微涼的春風吹散翻騰的烏雲，羅傑斯家前院的桃子樹上覆滿了粉紅色的花苞。

雪倫．羅傑斯向她最好的朋友瑪莉．洛．羅伯森說再見，一把拉開前院的門，任憑門擺來擺去，將圖書館借來的書扔在溼漉漉的草地上，跪下來俯身擁抱自己心愛的小臘腸狗蜜西，然後就忘了那本書，直奔家門，拉開門又「砰」一聲重重關上，腳上的雨鞋和身上的雨衣甩在前廳的衣櫃地板上，火速衝進客廳親吻媽媽，完全不管媽媽正在和客人喝茶，她從媽媽身後給了她一個大大的熊抱，緊緊環抱住她的腰，結果，媽媽手中的茶杯便這麼飛過客廳，掉在一張小桌子上，破成許多碎片，在地毯上撒得到處都是。

羅傑斯太太嘆了口氣，親了親雪倫說：「雪倫，親愛的，請妳小心一點。我喜歡妳的擁抱，可是，在抱我以前，妳能不能先看看我手裡有沒有拿著茶杯。來，先和葛林太太問好，再去拿抹布來。」

雪倫那雙迷人的眼睛充滿了淚水，她說：「您好，葛林太太。噢，媽咪，我忘記了，真的很抱歉。」

媽媽說：「親愛的，我相信妳不是故意的。快去拿抹布，免得茶漬滲進地毯裡就難清理了。」

雪倫趕緊跑進廚房，羅傑斯太太嘆了口氣，蹲下來撿拾茶杯的碎片。這已經是雪倫一個星期以來打破的第十一個杯子了，更別提上星期，她打破了七個盤子、四只花瓶、一個糖罐和一面鏡子。

廚房裡突然傳出劈里啪啦的破碎聲，羅傑斯太太向格林太太道歉後，便拿著那些杯子碎片火速衝進廚房一探究竟。她發現雪倫就坐在地板中央，身邊圍繞著破碎的香料罐子和散落一地的香料。羅傑斯太太從她外婆那傳下來的香料櫃，只剩一根釘子支撐著在牆上搖晃，裡面已經空無一物，所有的香料罐都在地上支離破碎了。

羅傑斯太太說：「到底是怎麼回事？不就是拿個抹布嗎？」

雪倫說：「嗯，抹布掛在香料櫃旁的欄杆上，我拿的時候，突然想到妳收在架子最上層的糖果，所以就爬到爐子上面，一隻腳踩著香料櫃，我不知道它會斷掉。媽，對不起！」

羅傑斯太太嘆了口氣，伸手去拿依舊掛在小欄杆上的抹布。她說：「噢，雪倫，妳可以試著更小心一點嗎？不要老是這麼冒冒失失。快收拾一下，然後去換衣服。餅乾和牛奶已經擺在桌上了。」說完，便拎著抹布穿越那扇前後擺動的活動門走進餐廳。

雪倫一骨碌跳起來，一把抓起掃帚，就開始打掃地上那些打翻的香料，完全忘記或沒有留意到最大、裝最滿的香料罐裡面是黑胡椒。羅傑斯太太又穿越那扇活動門拿抹布回來放，順便為茶壺加水時，一大團胡椒正好就這麼掃到她的臉上。「咳、咳，哈啾！」她一連打了好幾個噴嚏，茶壺的壺蓋也頻頻震動，喀喀作響，但雪倫依然故我的繼續掃著廚房地板的胡椒。

「胡椒！小心點，哈啾，哈啾！」羅傑斯太揉了揉刺痛的眼睛。雪倫終於停止打掃。「胡椒？在哪裡？」她蹲下來檢查地板，粗心大意的一鬆手，掃帚就這麼倒下來，不偏不倚打在羅傑斯太太可憐的腳背上。

「噢！」她慘叫一聲，彎下腰來揉自己的腳，而雪倫完全沒有發現倒下來的掃帚打中了媽媽的腳，順手捧起一把胡椒，看都沒看，便高舉過肩膀說：「媽，這是胡椒嗎？」

那把胡椒就這麼直接碰到羅傑斯太太的左眼。她慘叫了一聲，趕緊衝到水槽邊，轉開水龍頭，用水沖自己的臉。雪倫馬上道歉說：「噢，媽，我沒有看見妳。真的很抱歉。」

羅傑斯太太說：「**趁我發脾氣以前，快給我上樓去！**」

「好，妳不要生氣嘛。」雪倫邊說，邊推開那扇活動門，正巧打中了想進廚房幫忙的格林太太的眼睛，她的無框眼鏡也跟著掉了。

「我的天哪，到底怎麼了？」格林太太沒有眼鏡，什麼也看不見。

「噢，真抱歉，」雪倫說：「您受傷了嗎？」她熱心的趨向前想要關心格林太太，才踏出一步，就出現巨大的嘎吱聲響。

「啊，」雪倫說：「我好像踩到什麼東西了。」

格林太太說：「噢，不！我的眼鏡！」

雪倫說：「啊，眼鏡！」她哭了起來。

還在水槽旁沖洗自己眼睛的羅傑斯太太大叫：「雪倫．羅傑斯，哈啾！快，哈啾！哈啾！給我——哈啾！哈啾！上樓去——哈啾！哈啾！好好待在妳房間，哈啾！」

雪倫只好乖乖上樓。

可憐的格林太太蹲下來，開始在地板上到處摸索，尋找她的眼鏡。她希望眼鏡只破了一邊，至少還有另一半鏡片，可以讓她

看清楚回家的路。她終於找到眼鏡了，但已經被雪倫踩得粉碎。於是，羅傑斯太太只好忍著紅腫的雙眼，和每五秒鐘打一次噴嚏的痛苦，一路領著朋友回家。

雪倫從自己房間的窗戶看著她們在春天的午後，一路摸索著穿越街道，這幅景象讓她哭得更厲害了，因為她們看起來就像是要去參加喪禮的衰老女人。

六點半時，羅傑斯先生非常謹慎的慢慢打開雪倫的房門，用手背護著自己說：「晚餐好了。小冒失鬼，妳可以親我一下，不過，請溫柔一點，可別把我的眼睛撞黑，或弄斷我的手臂。」

雪倫上前擁抱爸爸，並且說：「噢，爹地，我不是故意的，我真的不是故意踩壞格林太太的眼鏡。」

他說：「我知道妳不是故意的，乖女兒，妳那麼一踩，格林太太就什麼也看不見了。妳必須學習放慢動作，走跳前都要先看一看。妳才八歲，我還希望妳至少能在我們身邊多留個十二、三年，不過，按照妳打破東西的速度來看，我可能會養不起妳。想想看，光是上星期，妳就打破了十一個杯子，一年有五十二個星期，五十二乘以十一，一年就等於是五百七十二個杯子，我們至少還有十二年得一起生活——那就會是六千八百六十四個杯子。哇！」

他們相偕下樓吃晚餐，雪倫非常小心，完全不敢用力拉椅子，連坐下來也時也不敢碰到桌子。當她收拾餐桌時，動作也是小心翼翼又緩慢，只有不小心灑了一點點法式醬汁在媽媽的腿上而已。她也很小心謹慎的幫忙清洗盤子，完全沒有一點碰撞聲，也沒有打破任何一個盤子。

好不容易，終於擦乾了最後一個盤子，抹布也掛好了，媽媽親了她一下並且說，她對於下午的那場災難感到非常遺憾，她要雪倫也去親親爸爸，然後趕快上床睡覺。雪倫真是高興極了，她沒有再冒失闖禍，所以，她迫不及待衝進書房想告訴爸爸這個好消息，卻忘記那扇門有點卡住，她使勁一拉，腳踩著踏墊滑了一下，整個人跌在走廊的桌上，把那只畫了白色風信子的紅色小瓷碗撞飛到地上摔個粉碎。

羅傑斯太太哭了，因為那只紅色小瓷碗是結婚的紀念賀禮。就連羅傑斯先生也忍不住大叫，因為要來修理那扇門的木匠，即使什麼都沒做也要收一大筆錢。雪倫又哭了，因為她的冒失舉動，又毀了自己一整晚在父母面前所做的努力。

雪倫上床睡覺後，羅傑斯先生和太太煩惱到很晚還沒有辦法入睡。羅傑斯太太認為應該送雪倫去上舞蹈課，好讓她的舉止優雅一些。羅傑斯先生則是認為，每次只要雪倫一打破東西，就該給她適當處罰，讓她警惕。羅傑斯太太還想送雪倫去上演說課，因為她需要學習肢體動作的平衡。羅傑斯先生認為雪倫必須用每星期的零用錢來賠償自己打破的東西。羅傑斯太太擔心雪倫的眼睛需要好好檢查一下。羅傑斯先生還是強調打罰和賠償才是治本之道。羅傑斯太太聽說內耳如果出問題會影響孩子的平衡感，說不定這是長水痘留下來的後遺症。羅傑先生說雪倫長水痘已經是四年前的事了，而她這種冒失打破東西的行為這兩週才特別嚴重，所以他覺得這樣的推論太荒謬。他還是認為好好懲罰，讓她賠償自己打破的東西，還有星期六下午不准去看電影，才是最根本的解決方法。他想起自己小時候不過是弄壞了一把小鋸子，每天放學回家，不論晴雨或下雪，都要被罰鋸一大堆木頭，他父親要求必須用自己的錢賠償，所以他就得在放學後鋸木頭來賺錢。羅傑斯太太說自己該上床閱讀和睡覺了，但羅傑斯先生說羅傑斯太太如果拒絕面對現實，對雪倫一點幫助也沒有。

第二天早上，雪倫在陽光的親吻下醒來，她睜開眼睛，看見窗外的枝頭上有隻胖胖的知更鳥在叫喚她。雪倫說：「噢，小可愛，我馬上就起床了。」說完，她便縱身跳下床朝窗戶走去，完全忘了她昨天晚上才剛為溜冰鞋上油，而且就隨意擺在房間地板的中央。雪倫一腳踩在溜冰鞋上，整個人向窗戶飛撲過去，因為力道過大，把紗窗整個推到外面去了，也把樹枝上的知更鳥嚇了一大跳。知更鳥振翅逃走，雪倫嚎啕大哭，以這種方式開啟這美好的春天早晨，實在是太悲慘了。

淋浴的時候，雪倫忘了戴浴帽，結果把她那頭濃密厚重的棕髮全都淋溼了。等她終於換好衣服準備下樓吃早餐的時候，正好看見她最喜歡的那顆舊高爾夫球，便順手拿起來用力丟在樓梯上，沒想到球竟然就這麼從樓梯掉下去，砸壞了吊燈上的三根水晶吊飾。然後，她坐下來吃早餐，儘管過去三年每天早上都被提醒要留意桌腳，但她還是忘得一乾二淨，結果膝蓋撞到桌腳，晃動了餐桌，也讓桌上的柳橙汁、咖啡和鮮奶油都灑了出來。羅傑斯先生和太太面面相覷，說不出話來。雪倫則是漲紅著一張臉，低頭吃著自己的玉米穀片。

她出門上學前，把自來水鋼筆裡的墨水甩得地毯到處都是，還差點把整間屋子翻過來，到處尋找她從圖書館借回來的書，最後才在大門邊的草地上，找到那本溼漉漉又皺巴巴的書。

羅傑斯先生不斷重申：「我還是認為處罰她，讓她賠償自己打破的東西，還有星期六下午不准去看電影，才是最根本的解決方法。」

羅傑斯太太說：「如果你還要再提你那個小氣又惹人厭的老爸命令你自己賺錢賠償那把小鋸子的事，我就要大叫了。」

羅傑斯先生拘謹的說：「我沒有打算提鋸子那件事。我只是想問問妳，要不要打電話給皮克威克奶奶，看看她有沒有辦法，對付這種成天打破東西的小冒失鬼。」

羅傑斯太太說：「噢，對耶，皮克威克奶奶。我怎麼沒想到呢？她肯定有辦法。哈，親愛的，你真聰明！」她給羅傑斯先生一個深深的長吻，然後羅傑斯先生便出門上班去了。

當皮克威克奶奶聽見雪倫的冒失事蹟後，她說：「我正好有對付這個毛病的法寶。那是一種神奇魔法藥粉，只要在冒失鬼的床上撒一些，利用晚上的時間讓她吸收藥粉，隔天早上醒來後，妳們家的冒失鬼小姐就會發現，自己的動作變得非常非常緩慢。我會給妳兩天的分量，應該就夠了。我看看啊，今天是星期四，

我明天下午把藥粉送過去。再見囉，羅傑斯太太，別擔心。」說完，皮克威克奶奶便掛上電話。

　　羅傑斯太太馬上打電話告訴羅傑斯先生。羅傑斯先生說：「聽起來還不賴，不過，要是那個辦法沒有用，我還是覺得自己的方法值得一試。一頓處罰至少可以讓雪倫坐下來的時候會小心一點。」他冷冷的笑了起來。

　　羅傑斯太太說：「嗯——哼，親愛的，晚上早點回家，今天晚上有乳酪舒芙蕾。」

　　那天下午，儘管羅傑斯太太一直提高警覺，雪倫還是打翻了自己的牛奶，踩到蜜西的腳，打破了一扇地下室的窗子，還踩扁了兩枝羅傑斯太太辛苦栽植、最引以為傲的飛燕草。雪倫對每一件小意外都感到非常懊悔，並且淚眼汪汪的保證自己一定會更小心，但過了五或十分鐘後，她又乒乒乓乓打破東西了。

晚餐前，她氣喘吁吁的在後門的階梯上脫溜冰鞋，她當然連看都沒看就坐了下來，結果打翻了身後為蜜西裝水的碟子。瑪莉．洛笑到眼淚都飆出來了，不過，雪倫氣到快抓狂。她甩掉腳上的滑輪溜冰鞋，隨意扔在門廊上，便氣呼呼的踱著腳步上樓回房間去了。

羅傑斯先生為了乳酪舒芙蕾特別提早回家，發現晚餐還沒準備好，便決定去修剪一下花園的植物。他一把抓起花剪，用自己鋒利的眼睛瞄了一眼花園裡旺盛的生命跡象，順手推開後門，大搖大擺的走進春天傍晚的暮色中，沒想到卻被雪倫的溜冰鞋絆了一下，整個人從門廊飛跳出去，一隻腳踩在垃圾桶裡，另一隻腳踏在耙子上，那是雪倫之前從屋頂扒球下來時用的，用完就隨意扔在地上。他的腳踩到耙釘時，握把不偏不倚的打中了他的鼻子。

羅傑斯先生氣急敗壞的大聲咆哮：「**雪倫！雪倫・羅傑斯！**」雪倫畏畏縮縮的打開後門時，他怒氣沖沖指著溜冰鞋說：「**是不是妳放在這裡？還有這支耙子？**」

「對。」雪倫用小到不能再小的聲音說。

「很好。」爸爸說：「妳的冒失和粗心大意剛剛差點要了我的命。我非打妳一頓不可。」他真的說到做到。於是，那天的晚餐成了紅腫雙眼、冷酷面容和一片死寂佐美味香濃的乳酪舒芙蕾。

羅傑斯太太滿心歡喜的偷偷在月曆上的星期五做了一個記號。儘管挨了羅傑斯先生一頓打，雪倫的情況卻變本加厲。先是早餐的時候弄掉了做鬆餅的鑄鐵盤，打翻了楓糖。她推開活動門時，正好打中端著一盤香腸的媽媽，頓時所有的香腸像齊柏林飛船漫天飛舞，大滴大滴的油漬也滴落在雪倫的瀏海上；她開水龍頭清洗的時候不小心用力過頭，潑濺的水把她的水手服上衣都弄溼了，就連那件乾淨的百褶裙前面也溼了一大片；上學時又太用力甩門，害屋子震動了一下，把窗臺上那盆羅傑斯先生剛買的黃蘗整個震下來，花盆支離破碎，土也撒得到處都是。

羅傑斯夫婦看到雪倫的最後一眼是：她穿著溜冰鞋一路滑出門，結果和正在等她一起上學的瑪莉．洛撞個正著，瑪莉．洛氣得快跑離開，雪倫只好趕緊脫掉腳上的溜冰鞋，隨意扔進籬笆裡的番紅花圃，趕緊去追她最好的朋友。羅傑斯先生和太太，一直看著她轉過街角後，才回到早餐桌，再喝一杯咖啡。

羅傑斯先生說：「要是皮克威克奶奶的魔法藥粉沒有用，我認為我們最好搬進防空洞裡，等到雪倫完全脫離這個成天打破東西的冒失階段長大為止。」

羅傑斯太太說：「我還是認為舞蹈課才是最終的解決方法。」

羅傑斯先生哈哈大笑起來，「是喔，我已經可以想像她到處蹦蹦跳跳，踢到老師眼睛，撞倒其他同學的畫面了。唯一的差別是，她在闖禍時有音樂伴奏。」他們不約而同笑了起來。

那天下午大約四點半左右，賴瑞‧格雷帶來一個皮克威克奶奶要給羅傑斯太太的包裹。包裹裡有個看起來像是裝著滑石粉的小罐子，蓋子上面有幾個小孔。罐子標籤注明「冒失鬼療方」，使用說明上寫著：「將這些粉遍撒在冒失鬼床上的每個角落，並且連續使用兩天。」

羅傑斯太太一直在等待這罐魔法藥粉，迫不及待的跑上樓，打開瓶蓋，將粉末均勻的撒在床罩下面。撒完後所剩不多了，但是她心裡想：「沒關係，第一天最重要。」

那天晚上，雪倫上床睡覺時，完全不知道這張床被動了手腳，她睡得十分香甜，不過，羅傑斯先生和太太卻緊張的頻頻做著魔法藥粉和可憐小女兒的惡夢，一整晚都沒睡好。

第二天早上雪倫醒來後，她驚訝的發現爸爸媽媽竟然都在床邊盯著她看。他們焦慮的問：「妳覺得如何？」

「還有點想睡。」雪倫懶洋洋的、慢吞吞的打了個大呵欠。

「快起來換衣服，」媽媽說：「我要做法國吐司哦。」

「好耶。」說完，雪倫便準備縱身跳下床。可是，她很驚訝的發現自己沒有辦法跳，只能像個女王緩慢優雅的活動。她覺得身體非常、非常沉重，動起來卻又舒緩輕盈，十分愉悅。

雪倫通常習慣一大早都會用力拉開衣櫃的抽屜，甚至把抽屜整個拉出來，將裡面所有的衣物倒得到處都是。今天早上她走向衣櫃拿乾淨的襪子時，一碰到抽屜的握把，就發現自己的動作變得緩慢又謹慎。她試著用力拉抽屜，卻發現手臂只是緩緩的向後拉動，抽屜也慢慢的被拉開到剛好足夠她可以伸手進去拿襪子的寬度，完全沒有發生任何可怕的事。她拿完襪子，準備用力把抽屜推回去的時候，卻發現自己的手不聽使喚，只能小心翼翼的慢慢推。

雪倫坐在她的小椅子上，發現自己的動作變得好慢好慢，就像被線繩操控的懸絲偶一般。

平常雪倫穿襪子的習慣是把腳一口氣塞進襪子裡，結果，腳趾頭常常一下子就頂到襪子的最前面。今天早上，她的腳完全不同以往，慢慢的，優雅的向前伸，雪倫還發現自己連拉襪子的動作都變得和媽媽穿絲襪的時候一樣。她的襪子看起來很不錯，襪子的上緣有翻摺下來，就連腳跟的部位也包覆得好好的，不像之前常常翻到腳背上。

事實上，雪倫並沒有花比平常更長的時間，因為，她完全不需要在腳趾戳破襪子後，停下來再去拿另一雙襪子，也不需要在不小心跌倒，或碰撞或踢到家具後，停下來大哭和揉自己的膝蓋、腳趾和手肘。

她在書桌上看見那顆舊高爾夫球，便順手帶下去吃早餐，但這一次她沒有在樓梯上丟球，因為她下樓的動作變得非常緩慢，慢到讓她有足夠的時間想起之前因為丟球打破媽媽心愛的吊燈。她緩緩走進廚房吃早餐，慢慢的拉出自己的椅子，優雅的坐了下來，完全沒有碰到桌腳，從容的攤開餐巾，爸爸和媽媽都眉開眼笑的看著對方。這頓早餐進行得安靜、優雅又愉快，法國吐司也十分美味。

吃完早餐，雪倫幫媽媽洗碗盤，她小心翼翼的慢慢清洗，彷佛在做一件非常神聖的工作。整個洗碗盤的過程，沒有打破任何東西，每樣餐具也都好好的物歸原處。媽媽好驚訝，而且，當她打開冰箱的門時，也很開心的發現雪倫並沒有像以前一樣，把剩下的一點食物裝在大盤子冰在裡面，也沒有把楓糖罐疊放在牛奶杯上，更沒有把東西亂擠在一起，以至於每次羅傑斯太太只要一打開冰箱的門，便至少會有三個盤子掉下來在地上摔個粉碎。

接著雪倫打掃屋後的門廊，羅傑斯太太躲在門邊偷看，她詫異的看見雪倫並沒有像以前那樣，只是站在門廊中間拿著大掃帚漫不經心的撥來撥去，將狗啃剩的骨頭、灰塵、樹葉和各種垃圾攪飛得到處都是，甚至連她的頭髮上也有。相反的，雪倫只是拿

了一把小掃帚，謹慎的將所有垃圾聚攏成一小堆。媽媽輕輕敲了敲門，向她揮揮手。雪倫慢慢的抬起頭，對她微微笑。

過了一會兒，瑪莉・洛、茉莉和蘇珊來找她去溜冰，羅傑斯太太非常欣喜的看見雪倫展現出最優美動人的溜冰姿態。以前，羅傑斯太太總是很怕看雪倫溜冰，因為她簡直就像鞋底抹了雙倍的油，東碰西撞，一下子撞到樹，一下子又被石頭絆倒，或是整個人撲跌在地，她常常會做出一些極危險的無腦動作，像是倒著從山坡上往下溜。現在，她正像一陣風或優雅的落葉，用單腳滑過街道，她甚至還在朋友之間的競速比賽獲勝了，因為她每一個滑步都可以撐很久，還會專注的看著自己滑行的方向，盡可能避開那些不平穩的地方。

當她回家吃午餐的時候，羅傑斯太太看見她輕輕拉開門栓，推開大門，隨後又關上門的動作時，差點兒就昏了過去。她拎著自己的溜冰鞋進門，穩妥的放進鞋櫃裡，而不是脫完隨意丟在門廊上。

午餐時，雪倫沒有一邊高聲叫嚷一邊狼吞虎嚥的喝熱湯，濺得廚房到處都是，而是靜靜的等了一會兒，讓湯稍微冷卻後，才一口、一口慢慢喝。喝完後，她對媽媽說：「媽，妳知道嗎？今天好奇怪，好像每件事都變得輕飄飄、慢吞吞的，而且做起來好像都很容易。我沒有撞到東西，也沒有打破任何東西，溜冰的時候也表現得很棒。」

羅傑斯太太說：「雪倫，我也注意到了。妳的動作就像女王一樣從容優雅，可能是因為昨天晚上睡得很好吧。」

雪倫說：「應該就是這樣。」她親了媽媽一下，接著便上樓換衣服去了。

她不像以前那樣莽撞的推開那扇活動門，讓門板「砰」的一聲打在兩邊的牆壁上，然後用力跺著腳步上樓，再一把撞開自己房間的門。這一次，雪倫輕巧的從擺動的門板間滑過，然後踮著腳上樓，再輕輕的打開房門。

羅傑斯太太擦拭完所有的小擺飾，放回架子和桌上時，眼中不禁充滿了喜悅的淚水。她甚至還忍不住打電話給格林太太，向她解釋雪倫奇妙的改變，並且邀請她來喝茶。

格林太太來了，她走近羅傑斯太太家時，心中非常忐忑，每一步都十分謹慎，彷彿那棟房子是個大炸彈似的。

雪倫正好準備出門看電影，她停下腳步問候格林太太，並且再次為踩壞眼鏡的事道歉，她說起話來既平靜、溫柔又迷人，格林太太簡直不敢相信那就是雪倫，還以為她有個隱藏的雙胞胎姊妹呢。

羅傑斯太太向格林太太解釋皮克威克奶奶的神奇藥粉時，格林太太十分感興趣，還問能不能借一點，她想在先生要打高爾夫球的時候使用。

「他只要一失手，」她對羅傑斯太太說：「就會像頭獅子，暴跳狂吼，再用膝蓋折彎球桿，光是這個月，他已經弄壞兩組球具了。」

羅傑斯太太趕緊上樓拿神奇藥粉，因為，她知道自己再也不需要了。

第7章 不想上學療方

「七點半，該起床了。」瓊斯太太精神奕奕的從樓下大喊著。茱莉和琳達從床上一躍而下，開始比賽換衣服。但是，喬弟和詹恩的房間只傳出一個人起床的聲音，還有哀聲抱怨。

「我覺得很不舒服。」喬弟在上鋪哼哼唉唉的說。

「噢，」詹恩說：「你只是不想上學吧。這招上個禮拜就用過了，大呼小叫，哀聲嘆氣的說不舒服，等到我們都上學後，你又好了。」

「哼，真的嗎？瓊斯醫師，你怎麼知道？」喬弟從上鋪往下探頭，他沒有呻吟了。

「我就是知道，」詹恩邊綁鞋帶邊說：「因為有人趁我上學時偷用了我的工具箱，還把鑿刀和鎚子留在人行道的楓樹旁。」

喬弟說：「我正在修理樹屋，可是，我沒有用你的鑿刀，是迪克．湯普森，就是他。」

詹恩說：「迪克只鑿了一點，但現在鑿痕變大了，我量過。」

喬弟說：「等我十歲，我也要有自己的工具箱，而且不准你用，連碰都不能碰，絕對不讓你看裡面的東西。」

樓梯傳來急促的腳步聲。喬弟趕緊躺回床上，又開始呻吟。

瓊斯太太從門邊探頭進來說：「我今天早上做了鬆餅喲，孩子們，快點。」

詹恩說：「我只要再梳洗一下就好了。可是，那個假裝生病的喬弟，一直在上鋪呻吟，因為他不想上學。」

瓊恩太太走到床邊，伸手摸了摸喬弟的額頭說：「完全沒有發燒，喬弟，別裝了，快起來。」

這下子，喬弟哀號得更大聲了，他說：「我的肚子好痛好痛，感覺好像吞了十把刀子在肚子裡。」

瓊斯太太一臉憂心忡忡的說：「親愛的，哪裡痛呢？」

喬弟說：「噢，整個肚子都在痛！」

詹恩在浴室一邊潑水洗臉，一邊大喊：「別被他騙了，媽，他一分鐘前還好好的。」

瓊斯太太說：「喬弟．瓊斯，現在馬上給我起床！如果你真的病了，我也要好好看一下。」

喬弟一蹶不振，痛苦不堪的慢慢坐起來。「噢，噢，噢，」他發出慘叫。「肚子痛。」

瓊斯太太爬了幾層梯子探頭進上鋪，神情焦慮的看著自己這個八歲大的兒子。他的雙眼緊閉，面容慘白又憔悴。瓊斯太太輕輕拍著他的肩膀說：「喬弟，先靜靜躺一下，等我送他們上學後，再端杯茶給你。」

接著，她便下樓告訴瓊斯先生得打電話給醫生。瓊斯先生說：「妳覺得有必要就打吧。」

可是，詹恩說：「噢，媽，別傻了，喬弟一點毛病也沒有，剛才還攀著上鋪的欄杆跟我講工具箱的事耶。他昨天留在家裡，前天也是，他快要變成一個什麼都不知道的笨蛋，我再也不想跟他玩了。」

十二歲的茱莉說：「羅賓森老師昨天也問我喬弟的事，我告訴她，我們覺得喬弟可能得了阿米巴痢疾。」

「阿米巴痢疾！」瓊斯太太說：「妳是從哪裡來的想法啊？」

「我們的健康教育課正好上到阿米巴痢疾，」茱莉說：「我個人認為，所有的症狀喬弟都有。」

「我個人倒認為，喬弟得的是恐水竊盜狂症。」瓊斯先生說。

「真的嗎？」茱莉說：「那種病有什麼症狀？」

「全身軟骨疼痛，食道也會僵硬。」瓊斯先生一本正經的為鬆餅塗上奶油。

「那……喬弟會死嗎？」琳達嗚咽的說，她只有五歲，還聽不懂他們在說什麼。

「當然不會，」瓊斯太太說：「快吃早餐，不然你們上學就要遲到了。」

所有的孩子都離家上學後，瓊斯先生也去上班了，瓊斯太太端著托盤上樓找喬弟。托盤裡有一壺茶，兩顆水煮蛋和三片吐司。喬弟一呻吟，一邊將所有的食物吃得盤底朝天。

九點零二分，喬弟穿著睡衣跑進廚房，喋喋不休的宣告他覺得好多了，想出去外面呼吸一下新鮮空氣。瓊斯太太一臉狐疑的瞅著他，喬弟卻把他那雙大眼睛睜得好大好大。就八歲大的男孩來說，喬弟的個子有點小，穿上十歲的哥哥詹恩的睡衣後，顯得更小了，那件睡衣是他前一天晚上偷偷摸來穿的，因為喬弟忘記了他在整理自己那半邊的房間時，把睡衣塞進窗邊的椅子裡。瓊斯太太說服自己相信兒子沒有騙人，便放他出去玩了。

喬弟換好衣服後，便擅自搬了許多詹恩的工具到外面的樹屋裡。天啊，這棵老橡樹上的樹屋實在太美了！點點陽光在樹屋的地板上閃耀，他敲敲打打時，還有兩隻胖胖的灰松鼠，在一旁的枝椏上吱吱唧唧的跑上跑下。

「這才是人生啊！」喬弟自言自語的說：「我再也不去上學了，我要當一名木匠，老師一定沒有辦法教我木工。」

「喀答喀答喀答。」其中一隻灰松鼠說。

就在其他的孩子們要回家吃午餐的時候，喬弟從樹上爬下來回到屋裡，他跟媽媽說自己有點頭痛，覺得很虛弱，於是，媽媽便要他在沙發上躺一躺，還幫他蓋了條毯子。

就連原本衝進屋裡準備譏笑他的茱莉和詹恩，因為看見他一臉憔悴的模樣，也都躡手躡腳的離開客廳。琳達還用力的親了他一下，並且跟他說，午餐結束後喬弟可以陪她睡午覺，這讓喬弟覺得有點不好意思。

等到茱莉和詹恩又回學校上課後，喬弟還是想繼續待在沙發上，客廳好安靜，躺在沙發上又很舒服，讓他昏昏欲睡，一覺睡到兩點才醒來。他睡著的時候，瓊斯太太偷偷來過兩次，摸摸他的額頭。由於喬弟的額頭溼溼涼涼的，她想應該只是有點肚子痛，便決定不打電話給醫生了。

喬弟一覺醒來，馬上回到樹屋繼續敲敲打打，直到三點十分才慌慌張張的從樹屋爬下來，把詹恩的工具收起來，再度一臉哀戚的躺在沙發上，就在那時候，茱莉和詹恩也到家了。

詹恩說他要去樹屋工作，要喬弟過來幫忙。喬弟說：「我只能爬上去看一下，謝謝你，詹恩。」詹恩一臉狐疑的看著喬弟用比松鼠還快的速度爬樹，卻一句話也沒有說，等他自己爬進樹屋後，才發現原來喬弟已經完成了許多工作。

「我真希望媽媽能親自爬上來，看看你病得有多嚴重。」他邊說邊仔細檢查自己的工具。

喬弟說：「我今天早上很不舒服，可是午餐過後就好多了。嘿，你覺得屋頂需不需要架高一點？」

詹恩說：「那我們就把屋頂架高一點，這樣就能做一扇窗戶。從窗戶看那些在街上的人，一定很好玩！」他完全把喬弟生病的事忘得一乾二淨了。

因為沒有吃午餐，飢腸轆轆的喬弟吃了雙份的晚餐。當瓊斯先生遞第二盤食物給他的時候，他說：「你的恐水竊盜狂症狀好像都沒了，明天一定可以去上學，對不對啊，喬弟？」

喬弟的眼睛大到幾乎超過他塞了滿口馬鈴薯的嘴。他說：「爹地，我也希望，我一點都不想錯過學校的課。」詹恩聽了差點被牛奶嗆到。茱莉說，她覺得所有的男生都好噁心，他們應該用飼料槽吃飯才對。

瓊斯先生說：「從現在起，餐桌上的談話只能限定現在發生的事。」所以，直到晚餐結束，孩子們都沒有再開口說話了。

晚餐過後，琳達上床睡覺去了，其他幾個孩子也紛紛回到自己的房間做功課。詹恩正在寫一份題目為「我最有趣的經驗」的報告，然而，喬弟卻拿出那本老舊的神奇點點書，開始畫畫。

「『危險』兩個字怎麼寫？」詹恩問。

「我怎知。」喬弟說。

房間裡安靜了好一陣子。

「『非洲』怎麼寫？」詹恩問。

「我怎知。」喬弟說。

又安靜了一陣子。

「『花豹』怎麼寫？」詹恩問。

「我怎知。」喬弟說。

「天哪，你到底知道什麼？」詹恩問。

「我知道很多事啊，」喬弟說：「除了寫字。不過看樣子，你對寫字也不怎麼在行嘛。危險怎麼寫？非洲怎麼寫？花豹怎麼寫？」他故意模仿詹恩的語氣說話。

詹恩說：「我只是剛好在專心寫報告，沒時間停下來想每個字該怎麼寫而已。」

「你到底在寫什麼啊？」喬弟問。

「我最有趣的經驗。」詹恩說。

「你最有趣的經驗，」喬弟揶揄。「哈，哈，哈！那怎麼可能跟非洲和花豹有關呢？」

詹恩一臉羞愧的說：「嗯，那是迪克．湯普森的叔叔查爾斯告訴我的。老師又沒去過非洲，她不會發現啦。反正，這總比那些『我的娃娃撞斷門牙』或『我第一次看到番紅花』要有趣多了吧！」

喬弟一邊忙著塗點點一邊說：「嘿，你看，原來這是一隻大象耶，我一直以為畫出來會是一座足球場呢。」他們全都哈哈大笑，但就在那時候，瓊斯太太也大聲催促他們該睡覺了。

第二天早上，當瓊斯太太大聲叫喊著：「孩子們，來吃早餐！」這時，喬弟又開始啜啜呻吟了。「唉、唉、唉，」他哀

號。「我的肚子！」

詹恩說：「唉、唉、唉，我的肚子，意思就是我不想上學！」

喬弟不理會他。「我肚子痛得好厲害！」他繼續呻吟。

詹恩說：「你如果一直不去上學，到時候會被留級。就像雷米‧卡森那個老傢伙，十四歲了還在讀小學三年級。」

喬弟閉上眼睛，愈叫愈大聲。「唉、唉、唉，我的肚子！」

瓊斯太太走進房間摸摸他的額頭，感覺有一點點熱，但這可能是因為喬弟穿著厚內衣和詹恩的睡衣，也可能是因為他一直用力哀號所造成的。

瓊斯太太說：「喬弟，告訴我，到底哪裡痛？」

喬弟說：「全部，整個肚子都痛得要命。」

瓊斯太太說：「你沒有騙人吧，喬弟？」

喬弟說：「噢，媽，才沒有，我真的痛到快死了。」

詹恩說：「媽，別擔心，他會變成雷米．卡森那個老傢伙，反正他就是不想上學。」

瓊斯太太說：「雷米．卡森是誰？」

詹恩說：「就是學校那個十四歲還在讀三年級的男生啊。」

瓊斯太太說：「那個男孩有什麼問題嗎？」

詹恩說：「沒什麼問題，他只是不去上課而已。」

喬弟說：「噢——我可憐的肚子！好痛啊！」

和詹恩一起下樓時，瓊斯太太說：「詹恩，你真的認為喬弟是裝的嗎？」

「一定是，」詹恩說：「他說長大以後想當木匠，所以不需要上學。」

瓊斯太太說：「我們再觀察看看吧。」然後他們便去吃早餐。她一直沒有端早餐去給喬弟，因此，九點零一分的時候，喬弟自己下樓進廚房說：「親愛的媽咪，我覺得好一點了，所以，我覺得自己也許應該，呃……」他的眼神四處飄移，直到盯住那些裝在大缽裡的香蕉，「吃一些香蕉、鮮奶油和吐司。」他終於說出口了。

瓊斯太太說：「肚子痛不適合吃那些東西，也許喝點茶就好了。現在，趕快上樓，回床上躺著。」喬弟只好無精打采的慢慢走回房間。

到了九點半的時候，他問媽媽能不能起床，媽媽非常大聲而堅定的說不行。

十點鐘，他開口要食物。「不行。」瓊斯太太說。

十點半，他要求起床。「不行！」媽媽說。

不幸的是，十一點的時候，瓊斯太太好不容易終於可以坐下來喝杯咖啡看報紙，不巧就在報紙的頭版看見一則令人心碎的報導，照片裡有幾個瘦弱乾癟、飢腸轆轆又營養不良的希臘小孩。瓊斯太太把那則報導整整讀了兩次，於是便叫喬弟下樓吃早餐。

他大約花了七秒鐘，便穿好一身便服走進廚房。瓊斯太太給了他兩塊小麥餅乾，以及加了很多鮮奶油的切片香蕉，還有兩顆炒蛋、三片培根，外加一個肉桂麵包。喬弟吃得一乾二淨，然後，便爬上樹屋工作了。

當其他幾個孩子回家吃午餐時，茱莉告訴媽媽，羅賓森老師說喬弟的功課已經落後太多了，如果他的病繼續拖下去，那麼瓊斯太太最好去一趟學校拿他的作業，或是像那些四處旅行或生病不能上學的孩子，安排一位專門的家教老師，為他在家上課。

詹恩說：「媽，老實告訴妳好了，我覺得妳不能再被喬弟騙了，他根本是裝的，他只有在早上要上學的時候，才會肚子痛。」

瓊斯太太說：「孩子們，別擔心，我會處理。茱莉，跟羅賓森老師說，我明天早上會打電話給她。」

等她安撫琳達睡午覺，並將碗盤都洗乾淨後，瓊斯太太便打電話給她的好朋友阿曼迪洛太太。她說：「阿曼迪洛太太，妳們家的阿曼，上學會不會很麻煩啊？呃，我的意思是，阿曼喜歡上學嗎？」

「噢，當然當然，」阿曼迪洛太太說：「我們家阿曼雖然只有八歲，卻已經讀七年級了，老師昨天還告訴我，她認為阿曼可以讀高中了，可是，我不想強迫他。」

「噢，不會吧？」瓊斯太太喃喃自語。「他四個月大你就開始教他識字，才三歲就送他去讀小學。」她大聲的說：「好吧，我可沒那麼幸運。我們家喬弟已經決定不要上學了。每天早上都在鬧肚子痛，但事實上大概都只會痛到九點鐘，肚子開始咕嚕咕嚕叫就好了。真搞不懂是怎麼回事。」

阿曼迪洛太太說：「說不定他在學校出了什麼問題，說不定他和老師處得不愉快。」

瓊斯太太說：「喔，我很確定他喜歡羅賓森老師，所有被她教過的小孩都很愛她。」

阿曼迪洛太太說：「嗯，可是……妳知道有些小孩既敏感又容易緊張，尤其是大型的學校，常常會讓他們脆弱的神經系統不知所措。這就是我們不讓阿曼讀大型學校的原因，他在沃金休斯校長辦的資優生小學裡簡直如魚得水，如果妳想讓喬弟轉學，我馬上就幫忙打電話給沃金休斯校長。」

瓊斯太太說：「噢，不，不必麻煩了，阿曼迪洛太太。我會和喬弟談談，看看他在學校有沒有遇到什麼麻煩。如果真有必要幫他辦轉學，我再告訴妳。」說完，她便掛上電話了。「阿曼這隻小蜈蚣還真會爬，」她洩氣的自言自語。「上個月才滿八歲，就已經讀七年級了！」

她叫喚喬弟，他隨即從樹上爬下來，邁著大步走進廚房，笑臉盈盈的期待更多食物。瓊斯太太將他抱在膝上，對他說：「喬弟，親愛的，學校有什麼事讓你不開心嗎？」

喬弟說：「呃，呃，我們家有那種大大的薑餅嗎？就像麥斯威爾太太烤的那種。」

瓊斯太太說：「喬弟，我是要跟你說學校的事。你喜歡羅賓森老師嗎？」

「當然喜歡，」喬弟說：「她很好啊。我也喜歡麥斯威爾太太，她每個星期六都會烤那種大大的薑餅。」

瓊斯太太氣呼呼的把喬弟從自己的腿上放下。她說：「噢，出去玩吧。」

喬弟一臉困惑的走出屋子，從大門口轉過頭來大喊：「如果妳不會，我可以問麥斯威爾太太那種薑餅要怎麼做。」

瓊斯太太說：「不必麻煩了！」說完，她便用力的關上門。

接著，她打電話給懷寧太太，問她凱蒂上學會不會有什麼麻煩。懷寧太太說沒有，但是她知道很多母親都在面臨孩子不想上學的麻煩，她要瓊斯太太最好打電話請教皮克威克奶奶。於是，瓊斯太太照她的話做了。

皮克威克奶奶說：「唉呀，喬弟這陣子都上哪兒去了啦？我還在納悶，為什麼最近放學時段都沒有看見他經過我家。好吧，看樣子他需要一些『呆呆口服液』。我會請詹恩帶一瓶回去，妳先給他喝一湯匙，晚餐後再一湯匙，明天早上再一湯匙，還有明天午餐和晚餐前還要各一湯匙。一直喝到他自己要求去上學為止。」瓊斯太太向皮克威克奶奶道謝後，便掛上電話。

下午三點十五分，詹恩從皮克威克奶奶家帶回一個小包裹交給媽媽。裡面有一只黑色的大瓶子，上面標著「呆呆口服液」。瓊斯太太隨即倒了一湯匙在小杯子裡，然後把喬弟叫來，將杯子遞給他。

「這是什麼？」喬弟問。

「喝了你就不會肚子痛了。」媽媽說。

喬弟說：「可是……我現在肚子不痛了啊。」

媽媽說：「這可以預防，讓你明天早上不會再肚子痛。乖乖喝掉。」

喬弟喝了。他說：「嗯，味道有點像巧克力糖漿。」

他跑出去，爬到樹屋上，坐下來，他沒有用鎚子，而是用老虎鉗把木板的釘子敲出來。

詹恩說：「嘿，你在幹麼？」

喬弟原本要說「敲東西」，說出來的卻是「敲西」，因為他的喉嚨好像突然腫起來，連氣都吐不出來。

詹恩說：「你為什麼不用鎚子？」

喬弟說：「什麼是頹子？」

詹恩說：「別故意搞笑。拿去！」他把鎚子遞給喬弟。

喬弟接過來，開始用手把敲打。

詹恩從他手中一把搶過鎚子。「你到底怎麼搞的？」他說。

「頹啊。」喬弟說完，便唧唧咯咯的傻笑起來。

就在那時候，茱莉從樹下大喊：「嘿，你們兩個，快下來玩踢鐵罐。茱莉、賴瑞、蘇珊、凱蒂、安妮、瓊安、迪克、修伯特、派西和瑪莉．洛都來了！」

於是，詹恩和喬弟便從樹上爬下來，茱莉開始點數，選出當鬼的人。「釘子釘狗，小貓小狗，尾巴抓住哪一個？」結果是喬弟。

他們要喬弟以五、十、十五……的方式數到五百。喬弟閉起眼睛趴在楓樹上，卻沒有辦法思考。

「五，」他說：「接下來是什麼？」他記不起來。他決定用一、二、三……的方式數到一百。他開始發出滑稽的聲音，「咦，二，三……」但也只能數到這裡，三之後的數字就全都忘了。整個街區到處都傳來「好了！」的叫嚷聲，他聽見此起彼落的聲音，卻完全沒有辦法把數字數完。

他決定在樹旁站一會兒，假裝自己已經數完了，就像琳達那樣。樹幹摸起來很光滑，聞起來還有香料的美味，他可以清楚聽見灰松鼠在樹梢上對著孩子叫囂的聲音。天哪，閉上眼睛的黑暗世界竟然這麼舒服。喬弟睡著了。

孩子們叫了十分鐘「好了！」之後，有些人開始朝基地偷襲。「咖啷！」賴瑞．格雷一腳將鐵罐踢到角落，然後瘋狂的跑開。喬弟卻動也不動一下。

茱莉從籬笆後面探出頭來，湊近喬弟的耳邊大叫。「好了啦！」喬弟跳起來，揉揉眼睛。「在哪裡？」他打著呵欠說。

「天哪，喬弟！」茱莉重重跺著腳說，「你太慢了啦。這樣根本玩不成，去把罐子撿回來，它滾到湯普森家去了。」

喬弟慢慢走向湯普森家，可是等他走到那裡時，卻已經忘記自己為什麼要去了。他向正在為萬年青除草的湯普森太太道過午安後，便愣愣的站在午後的太陽下眨眼睛。孩子們都在街道的另一邊大聲叫嚷，喬弟卻不知道他們到底在叫什麼。湯普森太太說：「喬弟，鐵罐就在停車道旁邊，快去撿，說不定你可以把他們統統抓起來。」喬弟撿起鐵罐，又慢慢走回楓樹。他才靠近，所有的小孩全都一哄而散躲起來，喬弟放下鐵罐後便不自覺的開口說：「好了沒……」可是，接下來他就想不起來了。「好了沒……好了沒、好了沒！」他一遍又一遍的說著。

茱莉又從籬笆後面蹦出來，凶巴巴的將他一把推離楓樹。「吼，去躲啦，笨蛋，」她說：「我來當鬼。」她閉上眼睛開始數：「五、十、十五、二十……」

喬弟在籬笆旁邊坐了下來，神情茫然的望著天空。過了一段很長的時間後，他突然發現四周連一個人也沒有。大家顯然都回家去了，於是他也走進屋裡。全家人正在吃晚餐。

媽媽說：「你到底跑哪裡去了？他們幾個半小時前就回家

了。趕快上樓去清洗一下。」喬弟上樓去了，卻忘記自己要做什麼，於是只好又回到餐廳。

他在詹恩的旁邊坐了下來，拿起湯匙就放進嘴裡咬。詹恩說：「小寶寶啊，你吃湯匙做什麼？」喬弟說：「什麼當匙？」

詹恩和茱莉忍不住笑了起來。

瓊斯先生說：「喬弟，你今天晚上感覺如何？都不痛了嗎？」

喬弟重複他的話：「都不痛了。」

瓊斯先生說：「你聽起來好像著涼了。」

喬弟說：「我刀亮了。」

茱莉說：「爸問你是不是著涼了。」

喬弟說：「我湯涼了。」

詹恩說：「天哪，你真是傻了。」

瓊斯先生和太太對彼此會心一笑。

吃過甜點後，瓊斯先生說：「我們來玩『強尼口袋有什麼』的遊戲。我先開始。強尼的口袋有一顆線球。」

琳達接著說：「強尼的口袋有一顆線球和一隻蟲。」

茱莉說：「強尼的口袋有一顆線球、一隻蟲和一顆蘋果。」

瓊斯太太說：「強尼的口袋有一顆線球、一隻蟲、一顆蘋果和一把小刀。」

詹恩說：「強尼的口袋有一顆線球、一隻蟲、一顆蘋果、一把小刀和一根釘子。」

喬弟說：「喬弟有一顆……喬弟有一顆……」

「線球啦！」琳達提醒他。

喬弟又開口了。「喬弟有一顆線球，一隻……一隻……」

「蟲啦！」琳達說。

「喬弟有一隻銅。」喬弟得意的看了看四周。

詹恩說：「噢，爸，拜託，淘汰這個笨蛋。」

瓊斯先生說：「喂，喬弟，強尼的口袋有一顆線球、一隻蟲、一、顆蘋果、一把小刀和一根釘子。」

喬弟說：「我擠不度，我噗料玩了。」

他哭了起來，瓊斯太太只好送他上床睡覺。

第二天早上，喬弟完全不必裝病，因為等他醒來時，其他的孩子們早就已經上學了。喬弟換好衣服下樓，卻找不到媽媽。他一直叫、一直叫，卻沒有人回應，他只好在屋子裡到處找媽媽。他甚至連床底下和暖爐後面都找了，卻還是不見媽媽的蹤影。當他回到廚房時，發現冰箱的門上面貼了一張紙條，上面寫著：「親愛的喬弟……」接下來他就不會念了。於是，喬弟又哭了起來。

後門傳來敲門聲。喬弟趕緊用袖子擦擦眼淚去開門。洗衣店的男人說：「喬弟，你媽媽在嗎？」

喬弟說：「我噗知道她氣哪裡了。」說完，他又哭了。

洗衣店的男人說：「她沒有留字條嗎？」

喬弟說：「有，可是我噗費讀。」

洗衣店的男人說：「給我看看。」

喬弟把那張紙條交給洗衣店的男人。他讀了出來。

親愛的喬弟：

我去雜貨店一趟。你的藥和柳橙汁在冰箱裡，烤箱裡還有香腸和吐司，我很快就回來。

媽媽

P.S.請記得告訴洗衣店的人，要送洗的衣服在地下室。

喬弟向洗衣店的男人道謝後，便吃了自己的藥和早餐。

接著，他爬上樹屋，卻想不起來怎麼用鎚子，也忘記釘子放在哪裡，他忘了要把窗戶安裝在什麼地方，也不會量木板，因為他不會讀量尺上的刻度，所以又從樹上爬下來，坐在草地上，直到茱莉、詹恩和琳達回家。

「嗨，」詹恩說：「小笨蛋，今天早上過得如何啊？」

喬弟說：「我柴不似笨單。」

茱莉說：「那就從一數到十給我們看看啊。」

喬弟說：「我柴不料。」

茱莉說：「我看你根本不會吧，笨蛋。」

喬弟說：「我柴不似笨單。」

琳達模仿他說：「我柴不似笨單，我柴不似笨單。」

喬弟哭了起來，於是，其他幾個孩子便進屋裡吃午餐，就在那時候，瓊斯太太剛好也從商店買完東西回來了。

她看見喬弟坐在楓樹下面哭泣，便問他怎麼了。喬弟說：「他們笑我。」

媽媽說：「他們笑你什麼？」

喬弟說：「他們叫我笨單，我柴不似笨單，退不退？」

媽媽說：「親愛的，希望不是。」說完便進屋裡做午餐。

整個下午，喬弟都只是坐著晒太陽，因為他想不起任何事。孩子們放學回家開始玩「踢鐵罐」，他們完全沒有找喬弟，所以他只是在旁邊一面看別人玩，一面打瞌睡。

晚餐時，全家人又開始玩起「強尼口袋有什麼」，不過他們也沒有把喬弟算進去，因此，喬弟用湯匙吃完自己的晚餐後，就只是坐在自己的位置上，呆愣愣的看著桌上蠟燭的蠟油不斷的沿著蠟燭往下流。

晚餐過後，詹恩和茱莉上樓寫功課，琳達上床睡覺，喬弟悻悻然爬進自己上鋪的床，盯著天花板發呆。天花板有兩個節孔，看起來就像貓頭鷹的眼睛。喬弟看著它們，直到昏沉沉的睡著為止。八點半一到，瓊斯太太拿著「呆呆口服液」上樓，卻發現喬弟睡著了，便決定明天早餐前再讓他吃藥。

第二天早上，喬弟很早就醒了，他聽見送報生吹著口哨，將一份份報紙「砰、砰、砰」的扔到各家門廊。喬弟小心翼翼從上鋪爬下來，換好上學的衣服，走進浴室好好的洗臉、刷牙和梳頭，然後看著鏡子將自己仔細檢查了一番。他看起來和平常沒有什麼不同，但感覺很不一樣。他覺得變得很輕快，他試了試自己的聲音，他說：「我不是笨蛋。」從他嘴裡發出來的聲音是「我不是笨蛋」，而不是前兩天他一直說的「我不似笨單」。他下樓去，一切在早晨的陽光中顯得格外平靜。

喬弟決定幫媽媽擠柳橙汁。他走向冰箱拿柳丁，意外發現媽媽昨天留給他的紙條就壓在盒子下面。他抽出來一看，赫然發現自己竟然都看得懂。每個字都懂。他一邊哼哼唱唱，一邊切柳丁、擠柳丁，然後將柳橙汁倒進六個杯子裡。

後門出現輕輕的刮擦聲響，喬弟打開門，讓他們的貓咪夏洛黛進來。夏洛黛蹭了蹭喬弟的腿，發出噗嚕噗嚕的聲音，直到他擠完柳丁，溫了些牛奶給牠喝為止。

喬弟擠完柳橙汁，決定泡熱可可。他讀著罐子上的說明，很高興的發現上面印的每個字都讀得懂。他決定用那只老舊的馬口鐵壺，他仔細量著水量，二十四杯水似乎有點多，但喬弟記得媽媽總是會將馬口鐵壺注滿水。接著，他量了二十四茶匙，他發現壺變得好重，他沒有辦法把它從水槽裡拿起來，便將其中一半的水倒進鍋子裡，先把壺放在爐子上，再將剩下一半的水倒進去，開大火煮沸。然後，他開始擺放餐具，還鋪上一條乾淨又漂亮的桌巾。

他看了一眼時鐘，才七點，便順手拿了一些隔夜麵包到屋外餵松鼠。松鼠紛紛從樹上下來，爬到他的肩上，他站得直挺挺的，動也不動一下，看著松鼠用可愛的小手拿起麵包細細啃咬。

過了一會兒，喬弟回到屋子裡，想看看熱可可煮沸了沒有，卻意外發現媽媽正在一只藍色的大碗裡打蛋。

她說：「原來你就是幫我做好這些事的小精靈啊，謝謝你，喬弟。」她給了喬弟一個擁抱。

喬弟說：「我很早就起來了，比送報生還早。」

媽媽說：「你今天早上覺得如何？」她察覺喬弟已經梳好頭髮、洗好臉，甚至換好上學的衣服了。

喬弟說：「很好啊，我想去上學。」

媽媽說：「很好，親愛的，爸爸一定會很高興，羅賓森老師也是。」

喬弟說：「我會告訴羅賓森老師不必擔心，我會自己趕上進度，我不是笨蛋。」

媽媽親了親他說：「我相信你不是。」

「嘿，媽，」喬弟說：「妳覺得熱可可這樣夠嗎？」媽媽先看了看那只注滿水的超大馬口鐵壺，再看看喬弟那張甜美卻憂心忡忡的臉。「剛剛好，」她說：「真的剛剛好。親愛的，去叫其他人下來早餐吧，要他們動作快一點，上學要遲到了。」

第8章 下雨天好無聊療方

今天是星期六，早上要去巨石巖遠足。阿力很早就起床衝進咪咪的房間，一把拉開被子。

「嘿，咪咪，」他用沙啞興奮的聲音小聲說：「快起來，我們今天要去巨石巖野餐啊。」

咪咪翻過身，睜開眼睛說：「今天不能去了，下雨。」

「才怪。」阿力跑到窗邊。

「就是下雨了，」咪咪說：「我半夜醒來就聽見了，害我氣到哭。」

阿力拉開窗簾，果真，滂沱大雨正打在窗戶玻璃上，溼漉漉的澆在鬱金香上，也像爆米花般在屋頂上砰砰跳。阿力快要十一歲了，卻也差點哭出來，因為，好幾個星期前，他就開始期待這一天了。

其他所有的孩子也是。皮克威克奶奶答應帶大家去巨石巖，他們打算走到瀑布後面，爬上岩石，輪流用皮克威克奶奶的高倍速望遠鏡，然後升起一團大營火來烤馬鈴薯和燻肉香腸。他們原本計畫今天清晨六點半就出發。

「啊，我討厭下雨，」阿力捶打著窗邊的椅子說：「我想衝出去外面踢它。」

咪咪拉起被子蒙住下巴。「我不想起來了，」她說：「今天一定又是個無聊的週末。」她閉上眼睛，阿力也悶悶不樂的拖著沉重的腳步回到自己房間，鑽進被窩裡。他躺下，凝視著天花板，聽著門廊屋頂上傳來乒乒乓乓的雨聲，他討厭全世界所有的人和所有的事。

媽媽終於喊他們去吃早餐，他怒氣沖沖的一邊下樓，一邊用皮帶打家具。

「阿力，親愛的，放下你的皮帶，」媽媽說：「別再亂打東西了。皮帶上的金屬扣可能會刮壞家具。」

阿力說：「哼，我討厭下雨。媽，為什麼每次到星期六就要下雨，為什麼總是這樣？」

霍頓太太說：「這種感覺很糟，我知道，一整個星期天氣都很好，偏偏在星期六下雨。但是你必須學習接受，不管結果是好是壞。咪咪呢？」

「噢，她還沒起來。」阿力拿起雞蛋，一邊還在揮打皮帶。

霍頓先生說：「反正下雨，你們沒有辦法去遠足了，那就利用這個時間來整理地下室吧。」

「喂，爸！」阿力大聲哀號。「這個主意太爛了！」

「一點都不會，」霍頓先生說：「你們必須學習隨遇而安，也必須知道在下雨的星期六整理地下室可能是最好的安排。有嘗試，就有所作為，還能賺得一夜好眠呢。快上樓去，叫那個懶惰蟲妹妹起床。」

「呃，親愛的，」等阿力上樓後，霍頓太太說：「別太超過了，下雨已經夠讓孩子們失望了，整理地下室才不是個好主意，更何況，那是你的工作，要孩子一起整理只會讓他們的心情更糟。」

霍頓先生說：「現在的孩子最大的問題就是被寵壞了。我小時候如果被派到整理地下室這種輕鬆工作，就會覺得自己賺到了。對一個成天在大太陽底下不停的挖包心菜的男孩來說，陰涼的地下室簡直就像天堂。」

霍頓太太說：「我記得你媽說過，你七歲開始寒假就待在寄宿學校，暑假就在聖璜群島上游泳、釣魚，在沙灘上玩。你什麼時候整理過陰暗潮溼的地下室了？又什麼時候在大太陽底下挖過包心菜？」

「我有一年暑假去爺爺的農場，」霍頓先生從位子上站起來，一臉嚴肅的說：「當時我才十一歲，不但努力工作，而且樂在其中。現在的小孩根本都被寵壞了。」

霍頓先生離開家後，過了好一會兒，咪咪才拖著重重的腳步下樓，她穿著牛仔褲，腳上踩著媽媽的緞面拖鞋，一臉怒氣沖沖，頭髮則像是用打蛋器攪過。

「我討厭下雨。」她順手抓起一片吐司，在上面塗了厚厚的一層花生醬。

霍頓太太說：「先放下吐司，上樓去把我那雙最好的臥房拖鞋物歸原處，梳好頭，再下樓來好好說早安。」

咪咪向阿力吐了吐舌頭，又拖著腳步上樓。霍頓太太嘆了口氣，真是麻煩！她對阿力說：「今天正好可以做你的模型飛機。」

阿力說：「我不想。」

霍頓太太說：「那要不要去修一下腳踏車的鍊子？」

阿力說：「我不想。」

就在這時候，咪咪梳好頭，穿著自己的拖鞋回來了，心不甘情不願的說了聲早安後，便開始吃起花生醬吐司。霍頓太太走進廚房，阿力跟了進去。

他靠在水槽的排水板說：「我討厭下雨。現在要做什麼？」

媽媽將想得到的每一件事都告訴他，可是他都不想，只是一直靠在不同的東西上說：「現在要做什麼？」

沒多久，咪咪也來了，她靠在阿力的身邊說：「現在要做什麼？」她不想幫娃娃做衣服，不想畫畫，不想玩遊戲，尤其最不想做的就是——洗早餐的盤子。

霍頓太太被他們搞得很煩，正打算要咪咪去打掃閣樓，叫阿力去整理地下室的時候，電話響了。是皮克威克奶奶，她要咪咪和阿力馬上去她家。她說，她有非常重要的事情要告訴他們，還問他們能不能留在她家吃午餐和晚餐。霍頓太太求之不得，因為在雨停以前，她根本不想再見到這兩個孩子。皮克威克奶奶呵呵笑了起來，她說，社區裡的每個媽媽都有同樣的感受。

於是，咪咪和阿力穿上雨衣和雨鞋前往皮克威克奶奶家。雨打在他們臉上，順著排水管咕嚕咕嚕的流進排水溝，再流進河裡。伯班克家門前的排水孔蓋被樹葉堵塞住了，水在街上漫得到處都是。咪咪和阿力撿起樹枝不停的戳啊戳，終於找到排水孔蓋，然後用手撥掉那些阻塞的樹葉，才一眨眼功夫，水就順利流進排水溝裡了。

孩子們看了一會兒，結果水又不流了。咪咪伸手四處摸索，有東西堵住排水孔了，她努力掏啊掏，終於拉出一條又大又黑的絲巾。那條絲巾又溼又破，她正準備丟掉的時候，卻發現絲巾的角角綁了一個東西。她和阿力都很努力想要打開那個結，卻沒有辦法，便決定帶去皮克威克奶奶家，用剪刀剪斷那個結。

他們抵達皮克威克奶奶家時，所有的孩子都已經在那裡了，門廊上堆了一座小山似的雨鞋和雨傘，前廳的掛鉤上也都掛滿了一直滴水的雨衣。皮克威克奶奶為阿力和咪咪開門，要他們趕緊進門，脫掉身上的雨具去客廳，她有非常重要的事要告訴大家。

咪咪把那條黑色絲巾拿給她看，皮克威克奶奶說咪咪脫雨衣和雨鞋時，她會將絲巾拿進廚房把結剪掉。於是，她拿著絲巾走進廚房，不一會兒又出來了，手裡拿著一枚圓圓的金幣。她說：「咪咪，妳撿到海盜的幸運幣了，皮克威克爺爺也有過一枚，我記得也是純金的，上面還有骷髏頭和交叉骨頭的圖案。妳一定要好好收著。對了，妳有手帕嗎？」

咪咪說：「沒有。」所以皮克威克奶奶拿了一條自己的手帕借給她，把那枚幸運幣包好綁妥，再放進咪咪後面的口袋，然後用安全別針把口袋別起來。

「走吧，」皮克威克奶奶說：「我們去客廳和其他孩子們會合，說不定等一下還可以試試看這是不是真的海盜幸運幣。那條黑色絲巾看起來的確像是海盜會用的手帕，我把它掛在廚房裡，等乾了以後，妳再用熨斗燙一燙。」

圍坐在客廳地板上的有瑪莉・洛・羅伯森、凱蒂・懷寧、凱蒂的弟弟巴比、巴比的朋友迪奇、修伯特・潘帝斯、艾明杜・貝格斯、葛雷克・莫黑德、蘇珊・雷波、茉莉・歐圖爾、恰奇・基斯塔、迪克・湯普森、派希、普妮拉・布朗、潘拉芬娜莉亞・吉羅托、柯莫瑞特・布瑞姆、格雷家的巴比、賴瑞和蘇珊，葛瑞絲費勒家的凱瑟琳和維福瑞德、卡登費爾德家的沃辛頓和吉娜麗、艾倫·坎克米諾、潘格拉·溫斯伯格、羅素家的安和瓊恩、奎崔克家的賈斯伯和梅爾托、雪倫·羅傑斯、瓊斯家的茱莉、琳達、詹恩和喬弟、漢米爾頓家的溫蒂和提米、克里斯多福·布朗、伯班克家的達希、巴德和艾莉森、阿曼·阿曼迪洛、潘希爾家的潘蜜拉、帕希和波特、咪咪·霍頓、迪希·威廉斯、瑪芮琳·麥森、法蘭克林家的班傑明、史帝夫和莎莉，還有提格家的泰利和泰瑞莎。大家都在陰暗溼冷的週末，一邊喝茶吃餅乾，一邊嘰嘰喳喳的說個沒完。

皮克威克奶奶在壁爐旁的一張小凳子坐下來，挪了挪腳邊的空間給小貓躡躡和小狗晃晃，還有小豬萊斯特（牠原本要待在雷波家，特別留下來要參加遠足和野餐）。

皮克威克奶奶啜了一小口茶，拍拍手要大家安靜下來，然後開始說：「我知道這場討厭的雨掃了你們大家的興——我很清楚，因為，昨天晚上當我聽見雨水滴滴答答打在屋頂和窗戶上的時候，我自己也非常非常失望。你們的媽媽也都不約而同的告訴我，你們今天早上什麼事都不想做。這場雨讓我們沒有辦法去野餐，卻是有史以來最幸運的事，因為，我今天正好非常需要你們的協助。

「你們看得出來，很久很久以前，當我和皮克威克爺爺決定蓋房子時候，便決定蓋一間顛倒屋，因為，我小時候常常躺在床上想像著房子如果整個上下顛倒會是什麼模樣。但是，我們找不

到工人來幫我們蓋房子，因為不管是木匠還是設計公司都說這個想法實在太瘋狂了，所以，皮克威克爺爺就決定自己動手。他說這其實不太難，他只是先做好蓋一般房子的計畫，再整個顛倒過來就行了。就像你們所知道的那樣，皮克威克爺爺退休前是個海盜，他存了不少寶藏。其中一部分就埋在院子裡某個很深很深的地方，其他的則是藏在這間屋子裡一些祕密的櫃子和抽屜裡。

「直到這間房子蓋好後，我才知道有哪些祕密的櫃子和抽屜，是皮克威克爺爺告訴我的，他還說，那些藏在祕密櫃子和抽屜裡的財寶足夠我過完這一輩子。可是，他不告訴我藏在哪裡，因為他想要讓我體驗尋寶的樂趣。

「皮克威克爺爺過世前，我從來沒有去找任何一件寶藏。直到有一天，我用光了自己最後一毛錢，才開始到處尋覓，終於找到一個裝滿錢的祕密小抽屜，那些錢幾乎讓我生活了一整年。接著，我又找到另一個裝滿金幣的祕密抽屜，我靠那些金幣度過了十年，而且就像你們看見的，我過得非常非常舒適。不過現在，我的錢好像又見底了。」

皮克威克奶奶美麗的棕色眼睛充滿了淚水，她眨了眨眼睛繼續說：「你們知道嗎，如果今天沒下雨，我們也沒有辦法去野餐，因為我昨天把最後一丁點麵粉都用來做這些餅乾，所以現在這間屋子裡連一點吃的東西也沒有了。我所有的錢好幾天前就用完了，我不停的找啊找，找到眼睛都痛了，還是找不到其他的祕密櫃子和抽屜。昨天晚上我找了一整夜，希望能夠找到一點什麼，好讓我能買一些遠足需要的東西，卻仍然一無所獲。當然，錢可能全用光了，可是我不太相信。我從來沒有鋪張浪費，皮克威克爺爺也知道我非常健康，可能會活很久。唉，我大概已經對那些祕密櫃子和抽屜沒有辦法了，所以才會請你們都過來幫我的忙，因為我知道全世界再也沒有比小孩更會找東西的人了，而你們對這間屋子都很熟悉，也知道它有多麼特別，所以我相信不管裡面藏了什麼，你們一定都能找出來。

「現在，你們必須先以自己的名譽向我保證，絕對不會把這件事透露給任何人知道——就連你們的爸爸媽媽也不行，要是我屋子裡有藏錢的事傳開了，強盜小偷一定統統會跑來。我希望你們能在午餐前就有收穫，要不然，我們只好繼續像這樣看著對方喝茶了，幸好我還有不少茶葉和水。呃，如果你們不介意，我想先回房間裡躺一躺，我真的累壞了。」

萊斯特先站起來，讓皮克威克奶奶扶著牠起身，然後皮克威克奶奶、萊斯特、晃晃和躡躡便一起上樓回房，並且關上門。

孩子們怔怔的坐在原地，面面相覷了好一會兒，喬弟才開口說：「啊，我敢打賭，我一定能找到那些舊錢幣。我猜那些錢就在地窖裡。」他縱身跳起來，和詹恩一起跑向地窖的門，恰奇、維福瑞德和凱蒂的弟弟巴比也尾隨在後。

瑪莉．洛．羅伯森說：「我覺得我們應該先洗一洗茶杯，並且把廚房整理乾淨。來吧，大家把茶杯收一收、拿進廚房。」

修伯特．潘帝斯說：「我想我們應該好好規畫一下，分配好每個人負責的區域，找完再回報。」

「噢，那個方法好蠢，」瓊恩．羅素說：「我才不想寫什麼報告。」

「我又沒有說要寫報告，笨蛋，」修伯特說：「我是說像士兵那樣回報。」

「我們應該先收好杯子，然後馬上去找密門。」茉莉．歐圖爾說。她把自己的茶杯和托盤放進水槽後，便跳進食物儲藏室。

「我負責食物儲藏室。」她說。

「我選餐廳。」修伯特說。

「你不能負責整個餐廳啦，豬頭，」凱蒂．懷寧說：「你只能負責餐廳的一部分，我找餐具櫃。」說完，便一溜煙的衝進餐廳，張開雙臂，擋在那個老舊的嵌入式餐具櫃前。這個雙開式的餐具櫃就位於分隔廚房和餐廳的那道牆，因此，你可以在廚房把盤子放進去，然後從餐廳這一側拿出來，事實上，凱蒂並不知道這件事，但修伯特知道。他從廚房那一側爬進餐具櫃較低的那一層，然後小心翼翼，慢慢的，安靜的推開餐廳那一側的門板，伸手捏了凱蒂的腿一下。凱蒂發出一聲驚人的慘叫，像是被眼鏡蛇咬到似的，修伯特哈哈大笑說：「哈，對不起，我還以為自己找到一座骨董櫃呢。」

就在那時候，喬弟上氣不接下氣的從地下室跑上來說：「嘿，你們知道皮克威克奶奶的地下室淹水了嗎？水淹得好深，我們只好划船找。維福瑞德原本坐在盆子裡划，沒想到，盆子翻了過去，他只好像河狸那樣仰著頭，露出牙齒游泳。」

詹恩從地下室大聲叫：「嘿，喬弟，你快幫維福瑞德拿些乾衣服來。」

喬弟說：「要去哪裡找乾衣服啊？」

瑪莉．洛說：「閣樓裡有一些皮克威克爺爺的舊衣服。我去拿。」說完她便跑進閣樓，從舊衣箱裡拿了一套紅色的羊毛內衣褲，叫維福瑞德上樓來，去浴室把自己擦乾、換衣服。

接著，她走進地下室叫詹恩和喬弟划到柴房裡拿些木柴，這樣她才能生火幫維福瑞德把溼衣服烘乾。地下室真的淹水了，水淹到第四個階梯，而且愈淹愈高，維福瑞德站在階梯上滴水，詹恩和其他幾個男孩則坐在洗衣盆、鍋子和臉盆裡，敏捷的在水上划行，邊划邊敲打著牆壁找錢。迪克・湯普森下樓，要他們找一找地下室的排水孔，他們卻說只要找錢幣，水淹得愈高，他們也更能看清楚這間屋子的樑和椽。

所有的孩子都在皮克威克奶奶家裡到處爬來爬去、敲敲打打、東找西找、戳戳碰碰和摸來摸去。到了中午的時候，大家一共找到了十七個祕密櫃子和抽屜，但全都是空的。

派希找到第一個，她拉開廚房裡的一個抽屜時，因為太用力，抽屜整個被拉了出來，卻意外發現裡面還有一個抽屜。派西興奮的尖叫，所有的人都跑過來一探究竟，甚至連穿著皮克威克爺爺紅色羊毛內衣褲、看起來像一支大鞭炮的維福瑞德也跑來看。

就在那時候，一隻腳已經溼到屁股的喬弟，也從地下室大叫，因為他在工具檯也發現了一個祕密櫃子。當時，他正好要把自己的船靠在工作臺的邊緣，免得和詹恩撞上，結果工具臺的末端突然打開，裡面有個祕密櫃子，只不過是空的。

接著，茉莉在食物儲藏室的天花板發現了一扇小門，那是另一個空的祕密櫃子。

然後，瑪莉·洛在空房間裡轉開一根床柱的時候，也在從下面拉出一個小抽屜，但也是空的。

阿曼·阿曼迪洛在翻閱百科全書的時候，意外在書櫃發現一個滑動的門板，他打開來，裡面又是一個空的小櫃子。

接下來，阿力·霍頓在壁爐裡發現一塊連著小絞鍊的磚頭，後面則有一個小抽屜，他拉出來一看，也是空的。

潘拉芬娜莉亞則是在客廳的地板上發現一塊可以掀起來的木板，裡面又是一個空的小櫃子。

咪咪站在窗戶旁邊，看著窗外的滂沱大雨，心裡想著：「大家都找到了，只有我。所有的人都找到祕密抽屜和櫃子，只有我沒有。可憐的皮克威克奶奶這麼需要錢，我卻還不知道該從哪裡找起。」她的眼眶充滿自憐的淚水。她伸手掏手帕，卻想起自己根本沒帶手帕，只好用手背擦眼淚。

「咪咪，怎麼了？」有個小小的、溫柔的聲音說。

咪咪低頭一看，發現琳達．瓊斯吸吮著大拇指，孤單的站在窗簾後面。咪咪說：「大家都找到了祕密抽屜和櫃子，只有我沒

找到。」

琳達說：「我也沒有。每次只要發現一個可以找的地方，就會被比我大、動作也比我快的人搶走。反正，我肚子好餓，午餐的時間一定過了。」

一臉憂傷的坐在附近椅子上的潘格拉說：「快兩點了，我肚子餓扁了。還有沒有餅乾啊？」

咪咪說：「沒有了，不過我們可以泡茶。我想，可憐的皮克威克奶奶一定也想喝點茶。」

「要怎麼泡？」琳達說。

「我知道，只要在茶壺裡放一些茶葉，再倒熱水進去就行了。」從來沒有泡過茶的潘格拉說。

「好，那妳來泡吧，」咪咪說：「我和琳達去閣樓看看。」

她們走上有點彎彎曲曲的閣樓樓梯，卻發現瑪莉．洛、羅素家的安和瓊恩，還有茱莉．瓊斯都已經在那裡敲敲打打，吵來吵去了。

「這個箱子是我先看到的，」安說。

「才怪，我早就選好了。」茱莉說。

「我要找那張舊書桌的裡面。」瓊恩說。

「去找吧，」瑪莉．洛說：「迪克．湯普森和葛雷克．莫黑德早就把它拆得快支離破碎了。」

「噢，天哪，我想找找這個老舊的玩具箱。」琳達說。

「誰會把錢藏在玩具箱裡啊。」安說。

「我就會啊，」琳達說：「我去年聖誕節的時候，在玩具箱裡藏了二十五分錢。」

咪咪走到煙囪旁邊，煙囪很溫暖，她卻覺得有點溼冷和難過。「噢！」她突然被什麼東西刺了一下，便伸手摸摸自己褲子後面的口袋，發現皮克威克奶奶別在口袋上的那只安全別針彈開了。咪咪試著別好，卻怎麼也別不起來，好像斷了，於是她就把別針拆下來扔到一旁。就在那時候，一陣怒吼的狂風吹過，燈熄滅了，屋外的天還亮著，閣樓裡卻一片漆黑，只剩下從布滿蜘蛛網的小窗子裡透進來一絲微弱的光線。

孩子們全都驚慌失措的東奔西竄，互相踩踏推擠，努力想找到下樓的樓梯。慌亂中，小琳達．瓊斯不小心栽進自己剛找過的玩具箱，在裡面大聲叫喊：「有人推我，這裡有鬼啊！」

咪咪說：「別傻了，琳達，剛剛燈還亮著，根本沒有鬼。來，把手給我。」

可是，就在她正準備彎下身子拉琳達的時候，牛仔褲卻被煙囪後面一塊鬆脫的木板勾住了，這下子，她也變得和琳達一樣驚慌失措。雖然她知道那只是一塊鬆脫的木板勾住她的口袋，但是在一片漆黑中，感覺就像一隻強而有力卻又乾瘦巴巴的手。閣樓裡每樣東西好像變了個樣，那個老舊的五斗櫃看起來就像一隻張牙舞爪準備撲來的大怪獸；皮克威克爺爺那個斑駁的舊木箱，看起來就和棺木一樣。那張壞掉的舊搖椅看起來就像有巫婆跪在那裡攪鍋子，書桌看起來也像大山洞。咪咪拉開被勾住的口袋，和琳達一起踉踉蹌蹌的走過閣樓，步下階梯。

回到客廳時，皮克威克奶奶已經點燃許多像水管一樣粗大的白色蠟燭了，正將它們分配給那些年紀比較大的孩子。「小心喔，」她逐一提醒。「別把蠟燭放下來，交給別人幫你拿著就好。有人找到什麼了嗎？」

「我有，」派希大聲說：「我找到一個祕密抽屜，可是裡面空空的。」其他孩子也都紛紛回報自己的發現，只不過每句話的最後面都是「裡面是空的」。

皮克威克奶奶說：「別為那些空的祕密抽屜和櫃子煩心，重要的是你們找到了。你們的眼睛很亮，耳朵也很靈敏，才短短幾個小時找到的東西，我可能花十年才找得到呢。好吧，大家繼續努力，我想，電來之前，我們還會再找到幾個新的祕密櫃子。在黑暗中找東西是不是很有趣啊？所以，你們不覺得這場暴風雨很棒嗎？」

孩子們不約而同的用恐怖的聲音說「對」，接著，便各自拿著蠟燭繼續尋找。

咪咪是最後一個拿到蠟燭的人，皮克威克奶奶將蠟燭交給她的時候說：「咪咪，妳的幸運幣還沒有幫忙找到祕密抽屜或櫃子嗎？」

咪咪說：「嗯，皮克威克奶奶。我真的很不會找東西，我一直找、一直找，可是連一個都沒找到。」

皮克威克奶奶說：「把幸運幣拿出來，用拇指和食指搓一

搓，我們來看看那是不是真正的海盜幸運幣。」

咪咪伸手到褲子後面的口袋，卻赫然發現，那枚被皮克威克奶奶用手帕包住的幸運幣不見了。她摸索著其他口袋，也都沒有。她說：「不見了，皮克威克奶奶，我弄丟了。」

就在那時候，她猛然想起自己的褲子口袋在閣樓被煙囪後面的木板勾住的事。她說：「我知道掉在哪裡。我要再上去閣樓。」

皮克威克奶奶說：「要我和妳一起上去嗎？」

咪咪其實很想，卻不好意思承認自己害怕，於是便說：

「噢，不必了，我帶著蠟燭上去就好，我知道在哪裡。」

她跑上階梯，很快就到了閣樓的門，手中的蠟燭火焰因為風而倒向一邊，差一點就熄了。皮克威克奶奶對她大喊：「咪咪，最好多帶些火柴，閣樓很通風。火柴就擺在門口旁的架子上。」咪咪順手抓了一把火柴，慢慢走進閣樓。

她手中蠟燭的火焰燃燒得很旺盛，彷彿也想好好窺視閣樓，但隨著從屋簷下灌進來的冷風，火焰又縮了回去。屋外狂風暴雨的聲音在這裡顯得格外清晰，狂風繞著屋簷呼呼哀鳴，大雨狂暴的打在窗戶玻璃上，也乒乒砰砰的敲打著屋頂，彷彿急切的想要進來。咪咪高舉蠟燭，環顧四周，木箱、搖椅、玩具箱，還有一隻可怕的大怪獸，噢，不，是寫字桌。

她一步步走向煙囪。天哪，那裡還真暗。一陣風將她的蠟燭吹熄了，那陣風好大，差點把窗戶都吹開了。咪咪趕緊劃了一根火柴，可是也被吹熄了。她再劃了一根，又被吹熄了。她劃了一根又一根的火柴，只剩下最後兩根了。她手指顫抖著，劃下倒數第二根火柴，終於嘶嘶的點燃了蠟燭。

咪咪彎下腰，仔細看著煙囪後面。那裡有一塊翹起的木板，皮克威克奶奶的手帕正好掛在上面。咪咪伸手去拿，卻發現那條手帕好像被夾住了，她用力一拉，閣樓牆壁的其中一部分卻緩緩被打開了。咪咪將手中的蠟燭舉得更高，好看得更清楚些。那塊牆板就像一塊有絞鍊的小門，門後有六個鑲了手把的抽屜。咪咪打開其中一個——裡面塞滿了綠色紙鈔。她又打開另一個——裡面全都是金幣。她打開第三個——裡面全是銀幣！第四個裝滿了珠寶，第五個裝了更多紙鈔，最後一個則是裝滿了金塊。

咪咪趕緊跑到樓梯口大叫：「皮克威克奶奶，皮克威克奶奶，我找到了！我找到了！錢！還有珠寶！快來啊！」

大家爭先恐後跑上樓，第一個探出頭的是萊斯特。咪咪蹲下來緊緊抱住牠。「噢，萊斯特！親愛的！」她說：「皮克威克奶奶變大富翁了，是不是很棒啊！」

萊斯特笑了。

皮克威克奶奶上樓後，走向那個祕密櫃子，她站在咪咪身旁，伸手環抱著她，淚水簌簌的奪眶而出。咪咪一個個打開抽屜，皮克威克奶奶瞪大眼睛看著那些金銀珠寶。「皮克威克爺爺，親愛的，」她說：「我就知道他不會忘了我，我就知道。」

每個孩子都趨前來看那個櫃子，並且仔細看那些寶藏，聽著咪咪一次又一次說著自己如何發現這一切，還好奇的摸著那枚神奇的幸運幣，等他們下樓時，天都暗了。

皮克威克奶奶說：「天哪，我真是太自私了。你們這些可憐的孩子一定都餓壞了吧，我只顧著因為找到寶藏而興奮開心，完全把晚餐忘得一乾二淨。我們應該還是要來野餐一下，就用壁爐來烤馬鈴薯和燻肉香腸，然後吃冰淇淋，我再來烤個蛋糕慶祝。不過，我現在得先去一趟商店，趁我去買東西的時候，男孩們就划船去柴房多拿些木頭上來，讓爐火燒旺一點。迪克，可以麻煩你去地下室，看看能不能找到排水孔在哪裡？咪咪，妳和瑪莉．洛，還有凱蒂跟我一起去商店提東西，茱莉和修伯特負責幫大家換上乾衣服，然後一起整理整理房子。」

就在那時候，燈亮了。「萬歲！萬歲！」大家同聲歡呼，除了喬弟和阿力。他們說：「真討厭，如果可以帶蠟燭去地下室划船，一定更好玩。我們就可以假裝是在淹水的礦坑裡，用蠟燭來測試空氣中的含氧量。」

「下去的時候，別忘了順便用你們的槳，去探探排水孔在哪裡。」皮克威克奶奶笑著說。

迪克突然從地下室跑上來。「嘿，皮克威克奶奶，」他說：「我找到排水孔了，它被塞住了，我用這根棍子把塞住的東西掏起來，看起來好像是一封要給妳的信耶。」

皮克威克奶奶拿起那張溼漉漉的紙，讀了起來。

親愛的老婆：

我最後一個祕密櫃子非常難找，所以，我特別在地下室放園藝工具的架子上，留了這封信。因為我相信，過不了幾年，這個架子就會變得擁擠凌亂，妳一定會好好的整理一番，到時候，就會發現這封信了。最後一個放寶藏的祕密櫃子就在閣樓的煙囪後面，妳只要用力拉開那塊翹起來的木板就行了。

愛妳的老公　皮克威克爺爺

「唉呀，」皮克威克奶奶說：「我昨天晚上才去看過放園藝工具的架子，我還記得有個信封掉在地板上，當時還以為只是一個空袋子，沒有特別撿起來。迪克，要不是你，我可能永遠也看不到這封信，也絕對找不到那祕密抽屜。這場雨真是為我們帶來好運。要不是伯班克家前面的排水道塞住了，咪咪也不會發現那枚海盜幸運幣，要不是因為我的地下室淹水了，我也永遠不會看到皮克威克爺爺寫的這封信。我想從現在開始，我一定會非常喜歡下雨，就算是在野餐日也不例外！」

小麥田世界經典書房04
皮克威克奶奶2 神奇魔法藥方
Mrs. Piggle-Wiggle's Magic

作　　者　貝蒂．麥唐納（Betty MacDonald）
譯　　者　劉清彥
封面設計　達　姆
校　　對　吳伯玲
責任編輯　汪郁潔

國際版權　吳玲緯
行　　銷　闕志勳　吳宇軒　余一霞
業　　務　李再星　李振東　陳美燕
副總編輯　巫維珍
編輯總監　劉麗真
發 行 人　凃玉雲
出　　版　小麥田出版
10483台北市中山區民生東路二段141號5樓
電話：(02)2500-7696
傳真：(02)2500-1967
發　　行　英屬蓋曼群島商家庭傳媒股份有限公司
城邦分公司
10483台北市中山區民生東路二段141號11樓
網址：http://www.cite.com.tw
客服專線：(02)2500-7718｜2500-7719
24小時傳真專線：(02)2500-1990｜2500-1991
服務時間：週一至週五09:30-12:00｜13:30-17:00
劃撥帳號：19863813　戶名：書虫股份有限公司
讀者服務信箱：service@readingclub.com.tw
香港發行所　城邦（香港）出版集團有限公司
香港灣仔駱克道193號東超商業中心1/F
電話：852-2508 6231
傳真：852-2578 9337
馬新發行所　城邦（馬新）出版集團 Cite (M) Sdn Bhd.
41-3, Jalan Radin Anum,
Bandar Baru Sri Petaling,
57000 Kuala Lumpur, Malaysia.
電話：+6(03) 9056 3833
傳真：+6(03) 9057 6622
讀者服務信箱：services@cite.my
麥田部落格　http://ryefield.pixnet.net
印　　刷　前進彩藝有限公司
初　　版　2019年12月
初版三刷　2023年08月
售　　價　320元

ISBN 978-957-8544-21-5

國家圖書館出版品預行編目資料

皮克威克奶奶2 神奇魔法藥方／貝蒂．麥唐納（Betty MacDonald）作；劉清彥譯. -- 初版. -- 臺北市：小麥田出版：家庭傳媒城邦分公司發行, 2019.12
面；　公分. --（小麥田世界經典書房；4）
譯自：Mrs. Piggle-Wiggle's Magic
ISBN 978-957-8544-21-5（平裝）

874.59　　108018504